截句解讀一百篇

淘氣書寫與帥氣閱讀

卡夫、寧靜海　主編

【總序】
不忘初心

李瑞騰

　　詩社是一些寫詩的人集結成為一個團體。「一些」是多少？沒有一個地方有規範；寫詩的人簡稱「詩人」，沒有證照，當然更不是一種職業；集結是一個什麼樣的概念？通常是有人起心動念，時機成熟就發起了，找一些朋友來參加，他們之間或有情誼，也可能理念相近，可以互相切磋詩藝，有時聚會聊天，東家長西家短的，然後他們可能會想辦一份詩刊，作為公共平台，發表詩或者關於詩的意見，也開放給非社員投稿；看不順眼，或聽不下去，就可能論爭，有單挑，有打群架，總之熱鬧滾滾。

　　作為一個團體，詩社可能會有組織章程、同仁公約等，但也可能什麼都沒有，很多事說說也就決定了。因此就有人說，這是剛性的，那是柔性的；依我看，詩人的團體，都是柔性的，當然程度是會有所差別的。

　　「台灣詩學季刊雜誌社」看起來是「雜誌社」，但其實是「詩社」，一開始辦了一個詩刊《台灣詩學季刊》（出了四十期），後來多發展出《吹鼓吹詩論壇》，原來

的那個季刊就轉型成《台灣詩學學刊》。我曾說，這一社兩刊的形態，在台灣是沒有過的；這幾年，又致力於圖書出版，包括吹鼓吹詩叢、同仁詩集、選集、截句系列、詩論叢等，迄今已出版超過一百本了。

根據彙整的資料，2019年共有12本書（未含蘇紹連主編的4本吹鼓吹詩叢）出版：

一、截句詩系

王仲煌主編／《千島詩社截句選》

於淑雯主編／《放肆詩社截句選》

卡夫、寧靜海主編／《淘氣書寫與帥氣閱讀：截句解讀一百篇》

白靈主編／《不枯萎的鐘聲：2019臉書截句選》

二、台灣詩學同仁詩叢

離畢華詩集／《春泥半分花半分》（台灣新俳壹百句）

朱天詩集／《沼澤風》

王婷詩集／《帶著線條旅行》

曾美玲詩集／《未來狂想曲》

三、台灣詩學詩論叢

林秀赫／《巨靈：百年新詩形式的生成與建構》

余境熹／《卡夫城堡──「誤讀」的詩學》

蕭蕭、曾秀鳳主編／《截句課》（明道博士班生集稿）

白靈／《水過無痕詩知道》

　　截句推行幾年，已往境外擴展，往更年輕的世代扎根了，選本增多，解讀、論述不斷加強，去年和東吳大學中文系合辦的「現代截句詩學研討會」（發表兩場主題演講、十六篇論文），其中有四篇論文以「截句專輯」刊於《台灣詩學學刊》33期（2019年5月）。它本不被看好，但從創作到論述，已累積豐厚的成果，「截句學」已是台灣現代詩學的顯學，殆無可疑慮。

　　「台灣詩學詩論叢」前面二輯皆同仁之作，今年四本，除白靈《水過無痕詩知道》外，蕭蕭《截句課》是編的，作者群是他在明道大學教的博士生們，余境熹和林秀赫（許舜傑／2017年台灣詩學研究獎得主）都非同仁。

　　至於這一次新企劃的「同仁詩叢」，主要是想取代以前的書系，讓同仁更有歸屬感；值得一提的是，白靈建議我各以十問來讓作者回答，以幫助讀者更清楚更深刻認識詩人，我覺得頗有意義，就試著做了，希望真能有所助益。

　　詩之為藝，語言是關鍵，從里巷歌謠之俚俗與迴環復沓，到講究聲律的「欲使宮羽相變，低昂互節，若前有浮

聲，則後須切響」（《宋書・謝靈運傳論》），這是寫詩人自己的素養和能力；一但集結成社，團隊的力量就必須出來，至於把力量放在哪裡？怎麼去運作？共識很重要，那正是集體的智慧。

　　台灣詩學季刊社將不忘初心，在應行可行之事上面，全力以赴。

【書序】
遍地開花　千樹成林

卡夫

　　這是台灣第一本由諸家合力寫成的「截句解讀」，一共收入100篇文章，其中40篇是今年年中台灣詩學季刊社（以下簡稱詩社）與吹鼓吹詩論壇在Facebook詩論壇合辦舉行兩個回合的「截句解讀」競寫的優勝作品與佳作。此外也邀請詩社社員或版主，以及名家一起投入書寫解讀之列。

　　為了普及小詩，讓小詩更簡潔、更新鮮，期盼庶民也願意讀詩與寫詩，2017年年初蕭蕭（1947年-）和白靈（1951年-）在Facebook詩論壇倡議大家來寫截句，獲得海內外許多詩人朋友的踴躍支持，每日都在這個平台上貼截句，至今還在繼續。

　　為了進一步推廣截句的書寫，詩社在2017年與2018年一共出版了38本截句選，除了詩社社員的作品外，也邀請了非社員優秀的詩人一起共襄盛舉，出版個人的截句選。此外，還有從Facebook詩論壇精選作品300首結集成二冊、編選截句選讀、截句誤讀以及出版五本海外截句選：

《菲華截句選》、《馬華截句選》、《緬華截句選》、《越華截句選》與《新華截句選》。

　　另一方面，為了讓截句的書寫多元化，這三年來詩社與吹鼓吹詩論壇也在Facebook詩論壇或與聯合報副刊或獨自舉行不同主題的「截句競寫」比賽。2017年主題式截句徵件計有：【詩是什麼截句】、【讀報截句】、【小說截句】。2018年主題式截句徵件計有：【春之截句】、【電影截句】、【禪之截句】。2019年主題式截句徵件計有：【攝影截句】、【器物截句】、【茶之截句】。上述比賽都獲得眾多海內外詩人的投稿，出現了許多優秀的截句作品。

　　2018年12月8日詩社與東吳大學合辦「現代截句詩學研討會」，除了邀請大陸截句首倡者蔣一談（1969-　）出席外，也廣邀海內外學者詩人們發表論文，從學術角度進一步來探討截句的書寫。

　　此外，個別社員也在自己的崗位上努力地推廣截句的書寫。2018年年底蕭蕭在彰化明道大學國文研究所博士班開辦了截句課程，邀請葉莎、卡夫（1960年-）與白靈輪流與學生分享心得。他也將會以博士班學生寫的7篇截句論文和學生刊出的解讀文字結集出版《截句課》，作為這兩年推廣截句的最後成果。

　　2018年2月24日在新加坡的卡夫也應南洋詩會邀請，

在舊國會大廈藝術之家以「台灣詩學季刊社與截句的推廣」做專題演講。2019年2月17日在草根書室舉行「九種文字九種風景：《新華截句選》新書發表會」，希望能擴大截句在海外的影響力。

　　詩社在推廣截句之初，曾經引起一些人的質疑與非議，在定義與形式上爭議，甚至懷疑它存在的價值。可是經過這三年的努力，截句的書寫，已經是遍地開花，千樹成林，自成風景。從推廣書寫截句到解讀截句是水到渠成的一種過程，也是本書出版的重要意義。

　　因緣際會，受白靈所託，我們不但成為「截句解讀」競寫的複審（兩次決審委員均為解昆樺及楊宗翰），也負起編選本書的責任，讓我們有機會接觸到各種不同形式截句的書寫，並更深切地感受到截句無窮的魅力。在閱讀這些作品的過程中，也促使我們繼續思索與探討，如何能進一步提升截句書寫的主題、表現的方式、運用的語言與內容。

　　我們希望透過這本「截句解讀」，能讓更多庶民對截句產生閱讀以至於書寫的興趣，有效提高截句書寫的質量，在可預見的未來，讓截句的書寫更多元與豐收。

卡夫 2019-07-22

目　次

輯二｜放奔的足印

──第一回合佳作──

輯四｜湧動的舌尖

勝利的手勢

──第一回合優勝──

穿過的一道閃電
——讀白靈〈截句是被削尖的時光〉

黃士洲

【截句原作】

〈截句是被削尖的時光〉　　作者：白靈

飄進你視野的那朵白雲
於吹不動天空之微風中消瘦了

削瘦成一根白髮，像被削尖的
一句話，斜斜刺進你眼瞳

【解讀】

「截句」是四行以內，宛如畫家取景，取其主要本質的和具有特定意義的景物。或是攝影師在萬中截取一個觀景窗來敏銳觀察，內心感性的觸動。

白靈老師這首詩題的意象是賦比興的「比」，即是複合意象，A以B間接表現的「隱喻」。喻旨（截句）＋繫詞（是）＋喻依（時光）。

　　首句，若整個天空是一首長詩，「飄進你視野的那朵白雲」；「你視野的」就是截句，被你視野「截出來的」那朵白雲。

　　第二句「於吹不動天空之微風中消瘦了」，「微風」暗示時間，不被時間所帶走，而佇足在心靈（視野中），慢慢「消瘦」；「消瘦」二字想像是去掉冗詞贅句的精煉，使詩能隨順意象，開展出來。

　　第三句與第二句是特意空行的轉折。詩，不同散文，想像與轉折的變化越巧妙，就越是一首難得的好詩。「削瘦成一根白髮」，將行一的「那朵白雲」（那首截句），以「一根白髮」具體事例代替，從「消瘦」到「削瘦」的承接，發揮語意關係的功能，補償性的說明。「像被削尖的」，動詞「削尖」是引爆、激發讀者亮眼的創新，所以特別在「像被削尖的」這裡斷句。

　　末句，「斜斜刺進你眼瞳」，「刺」字是精鍊、傳神的詩眼，扣住詩題「截句是被削尖的時光」，刺進你眼瞳。如此細緻創意的聯想，豐厚動人的筆法，使整首詩的意象準確、營造出畫面；也讓讀者在研讀這首詩時，經過詩人的佈局取鏡，更能瞭解截句的新文類。

即使是「三一律」也有無言的時刻
——讀詩人白靈〈穿〉

李明璋

【截句原作】

〈穿〉　作者：白靈

哪種消失的姿勢可以重製？
一葉之飄、片雪之飛、絲雨之滴
即使一根髮之叮咚落地
沿路驚叫、燃燒、穿破日子而去

【解讀】

　　主張「藝術本質是模仿」的希臘哲學家亞里斯多德（希臘原名：Αριστοτέλης，前384年-前322年3月7日）在其作品《詩學》中，將古希臘戲劇特點歸納出「三一律」（three unities），成為日後西方戲劇結構理論基石。

　　「三一律」意指一場戲劇演出，「時間」、「地點」與「動作」必須一致——線性的時間、固定的地點，理想狀態則是台上演員的肢體動作，能夠完全模擬日常行為，

藉以「複製人生」。

　　問題是：我們的人生是能夠複製的嗎？

　　詩人白靈的截句詩作〈穿〉，便在這樣的基礎上，拋出了大哉問：

　　「哪種消失的姿勢可以重製？」

　　首句中，「消失」與「重製」即是全詩重點，若轉化成一般語言，或許可以譯為：「『那曾經出現過的事物或經驗』能否一模一樣地『再度出現』？」

　　銜接提問的次句，詩人清晰呈現了心中足以象徵「曾經出現過的事物與經驗」：「一葉之飄、片雪之飛、絲雨之滴」——這三個「動作」（actition）是「一片飄葉」、「紛飛雪片」與「涓滴絲雨」等「具體物」（object）的「戲劇化」（dramatization）——模仿自然，萬物如戲的擬諭，呼之欲出。而延續本句「萬物飄零」的第三句，則向前推進到「人身／人生」的層次：

　　「即使一根髮之叮咚落地」

　　一根髮「叮咚」有聲，想必不只是字義上的「髮絲」：或許是「初生兒」（人身）出世哇哇墜地；或許是「社會新鮮人」（人生）入世跌落挫敗——這些都是每一個人都會經歷，卻獨一無二的體驗。於此同時，「髮絲落地」也隱含另一層意義：我們常以「連一根頭髮掉到地上都聽得見」形容「空間寂靜」，如果連最單純的「寧靜」

都無法複製，那麼這世界的眾生喧嘩、妊紫嫣紅又如何呢？詩人在末句，提供讀者一個非常個人化的感悟：

「沿路驚叫、燃燒、穿破日子而去」

全詩在此轉折：相對於首句「起手天問」，次句詠嘆「萬物飄零」，第三句回歸「人與身處的環境」──既然這世界的一切無法重製，詩人「看穿」世間本質：不如「縱歌一生」（沿路驚叫）、「全然投入」（燃燒）、「無所顧忌」（穿破日子而去）──大千萬象，皆是獨特，終須凋零，彌足珍惜。

然而仔細深究，這首詩的真意似乎又不止如此，更大的疑惑頓時浮現：

1.「沿路驚叫」的是誰？

2.「燃燒」了什麼？

3.又如何「穿破日子而去」？

不只為全詩提供了無限想像，連同詩的「詮釋權」──或「消極的悲懷」（哪種消失的姿勢可以重製？），或「積極的創造」（穿破日子而去），都交給了讀者自行判斷與品意，餘音繞樑，回味再三。

〈穿〉以問句起始，末了拋出更大的懸想──「哪種消失的姿勢可以重製？」──答案顯然是否定的，即使是強調複製人生；嚴謹的「三一律」，也有無言以對的時刻。

　　戲劇模仿自然，悲劇淨化人生，詩人白靈以一首「起承轉合」的四行截句，濃縮建構一齣「巨大的微戲劇」，呈現人生無法重來的喟嘆與可貴，一首截句的「『穿』透能量」之大，不言而喻。

沒有事發生？
——讀卡夫〈沒有事發生〉

曾秀鳳（凡鳥）

【截句原作】

〈沒有事發生〉　作者：卡夫

一條老狗在舔天氣
一群條子在圍捕竄逃的風
一個老男人被年輕女人的聲音清洗著

懶洋洋的街道若無其事地坐了一個下午

【解讀】

　　卡夫的〈沒有事發生〉截句，是描寫在熱天裡有一條狗舔著舌頭散熱，一群警查在巷子裡搜捕逃跑無蹤的罪犯，一個老人坐在椅子上聽一個年輕女子叨叨絮絮的數落自己的不是，而街道靜靜躺在城市裡，昭告一切平安無事。

　　作者採用許多借代的象徵用詞手法，以間接關係取代

原有事物的直接呈現，如狗舔「天氣」、條子圍捕竄逃的「風」、老男人人被的聲音「清洗」，真正說的是：天氣不能被舔，但狗舔舌頭可以散熱、犯人已逃竄無蹤，如風無法被捕抓，年輕女人大聲的抱怨聲洗掉讓老人的尊嚴，這一切的一切都發生在這條街道上，當大都習以為常時，街道就宛如平常一樣「沒有事發生」。

　　間接借代的技法，讓整首詩呈現不同層次的趣味，呈現多義性，想法如花盛開般拓開。讀者讀了這首詩，初時無法即刻明白作者的用意，進而讓思考轉個彎，莞爾讚佩便充滿胸臆。而由於不是直接說A就是B，所以B就有多樣的解讀可能，且取決每個讀者所站立的個人經驗背景上。

　　筆者在讀這首詩之際，映入腦海的是Anosh Irani愛若許‧艾拉尼這位印度孟買作家的小說「沒有悲傷的城市」。這本小說描寫的是這個孟買這個城市到今日還處於恐怖攻擊的陰影之中，因此這個城市裡的人，心中有愛卻常面臨悲慘分離，抱持希望卻不知道能否擁有未來。在這樣氛圍下，作者鋪陳了一個橋段：主角祥弟跟他的朋友想去趁亂進去巴布里清真寺所在地，原也是印度教的廟址偷東西，這時有個大官員來，眾人迎接，正在談笑時，巴布里清真寺爆炸！官員跟剛剛一起談笑風生的人瞬間被炸得屍首分飛，祥弟的朋友也被炸得稀巴爛。四週的人先是驚愕得說不出話，然後慌忙逃走的逃走，協助救人的救

人……他的朋友的屍首被警方跟其他人一樣像垃圾扔到卡車上，運走！

　　然後宛若無事的街上有條癩痢狗走過，有群警察持續追查捕捉可能的炸彈客，年老的人坐在街道旁，持續跟女人打情罵俏，街道看上去不若上午忙碌，大量的血跡吸引來許多蒼蠅，……

　　所以說卡夫的〈沒有事發生〉其實談是發生過大事或是正要發生什麼事。

若心有草原，何懼？
——讀白靈〈我藏著一片草原〉

曾秀鳳（凡鳥）

【截句原作】

〈我的心有好幾個洞〉
——雅和蕭蕭〈我藏著一片草原〉　作者：白靈

一個洞　蛇一條小溪
一個洞　風箏一隻老鷹
另一小洞挺了很久
刻雷電收流星的黑黑草原

【解讀】

　　蕭蕭的〈我藏著一片草原〉原詩：「我就是藏著一片草原，不怕響雷閃電」，筆者能想到這首詩的含意，大致分為一詩中的「我」若是大自然，那麼那片草原藏在我胸膛，孕育滋養萬物，風雷雨電都無須懼怕；若「我」指的是人，當我心中擁有一片草原般的寬闊，那麼如響雷閃電的閒言惡語，都能順耳風逝，不會逗留心中，又有何懼？

　　但是白靈閱讀蕭蕭的〈我藏著一片草原〉之後，竟以太陽的黑洞概念來解讀一個人的心，心有洞可讓一條小溪徜徉川流而過，心有洞也可以讓老鷹飛翔，更有一片黑黑的草原藏在心洞裡，可收流星、刻雷電，無畏來勢洶洶的生命威脅。白靈僅用36字就呈現了他對世間莫大的寬容與人事無盡的關懷，這是我的想法中所不及的。

　　而我也不得不承認自己非常讚賞白靈〈我的心有好幾個洞〉這首截句，讚賞與喜歡的理由有三：

　　其一是這首詩充滿自然諧和之境，一片草原上有河流過，有老鷹飛翔，有四季風雨雷電之變化，這些景物的描寫共織一片自然和諧之景。

　　其二是作者把名詞變為動詞來使用，如「蛇」一條小溪的「蛇」，提供小河蜿蜒而流一個具象化的效果；「風箏」一隻老鷹，以風箏在空中滑翔的姿態來形象化老鷹的飛翔，這裡的「蛇」和「風箏」都超脫原意與字詞用法，讓整首詩有蘊藏隱約的效果，使詩句更形漫美。

　　其三此詩同時具有毀滅和包容意涵：整首詩闡述一個美麗與哀愁同在，受害者與侵略者共存的概念，詩人在詩的最後兩句：「另一小洞挺了很久／刻雷電收流星的黑黑草原」把洞的層級向上推，破除有洞就有黑暗與傷害，有洞就有危險和不可思議的負面思考，提供有洞也可以說是有空間就有包容，最後以「刻雷電收流星的黑黑草原」作

結，這種同時具有毀滅和包容意涵，讓整首詩的意蘊更顯得深厚。

　　若不是有過生命極大的歷練，難以成就這樣的意境。

結構的重複與解讀
——讀喵球截句〈再會媽媽〉

林宇軒

【截句原作】

　　〈再會媽媽〉　作者：喵球

　　　　孩子點菸
　　　　孩子點菸
　　　　孩子點菸
　　　　孩子點菸

【解讀】

　　全詩以四句完全相同的句子所組成，用看似拼貼、遊戲的後現代表現手法呈現，讓我想到後現代詩人Ron Padgett也是用相同形式創作的十四行詩〈Nothing in That Drawer〉。

　　詩人將詩中的句子「孩子點菸」重複四次，這麼做的意義為何？從旁猜測，可能是孩子面對象同情節一再發生的無奈，或是孩子在情境下為了平復情緒而必須抽四根

菸；可能是為了顯現孩子對事情的固執，當然也可能是單純不會使用打火機或打火機不給力而必須點四次才把菸點著。

　　短短四行的截句之中，只有「菸」一個具體的意象出現。詩人並沒有選擇用繁複意象的堆疊或華麗的形容詞進行修飾，而是透過情境和動作的表現，讓讀者感受、自行解讀其中的故事。詩中除了以角色與動作的擺置營造出氛圍外，並沒有給出明確的指涉，而是利用了符號裡符徵的解讀歧異性，讓讀者能夠根據自身的生活經歷產生不同閱讀體驗。

　　從詩題來看，「再會媽媽」可以拆成「再會」與「媽媽」兩部分來分析。詩人在詩中以旁觀的記錄視角出發，詩題卻用孩子的角度寫到他向媽媽表達再會——無論媽媽是否有收到這個訊息，再會的意義對孩子來說是重大的，以致於他必需要不斷點菸——無論是否能真的「再會」。進而去探討角色的價值，既然點菸背後所蘊含的意義不只是點菸，媽媽當然也不只能是媽媽，而可以是青春，是回憶，是生活了。

　　詩一定要是不斷的修飾或複雜的意象嗎？透過簡單的角色、重複的動作、內容和形式的結合是否也能完成一首耐人解讀的詩？我想喵球的〈再會媽媽〉已經給了我們解答。

「水」的斷與流
——讀王勇截句詩〈憶〉

林廣

【截句原作】

〈憶〉　作者：王勇

抽刀斷水水便佇立在
眼前，亮成一面鏡子

刀鋒旋轉，鏡裂臉歪
所有的心事倒背如流

【解讀】

〈憶〉是一首很有趣的詩。一般人寫回憶，多少帶
著緬懷或哀傷；作者卻從「抽刀斷水」切入，這是取材的
創新。

先說「刀」與「水」這兩個意象。「刀」指涉心靈或
智慧，「水」指涉時間或記憶。「抽刀斷水」只是在想像
中完成的動作，作者似乎想以心靈的力量切斷記憶之流，

讓記憶能停留在眼前。

　　抽刀斷水，出處是李白〈宣州謝朓樓餞別校書叔雲〉。開頭：「棄我去者，昨日之日不可留；亂我心者，今日之日多煩憂。」寫的是歲月不居，煩憂亂心的感慨。「抽刀斷水水更流，舉杯消愁愁更愁」，是將這種心情具象化。李白用「水」來比喻「愁」。當理想與現實激烈衝突，他渴望抽刀斬斷一切愁緒，偏偏做不到。

　　作者借句發端，想必對原詩有深刻的體會，對抽刀無法斷流這件事感到遺憾，所以刻意做了一個翻轉：「抽刀斷水水便佇立在／眼前，亮成一面鏡子」。這裡的「水」借喻記憶之流，跟李白的愁緒是不同的。照理說應寫成「抽刀斷水，水便佇立」，才會有「斷」的效果；再將「在」挪到下一行，語意才會更完整。但作者有意讓每一行字數相等，並以中間空行作為分界，使前後產生鮮明的對比效果，才會如此斷句、分行。

　　記憶被截斷，在眼前佇立，「亮成一面鏡子」。這個「亮」字，下得很好，能在讀者想像中召喚出畫面。作者寫到此，便戛然而止，並未進一步描述，這面鏡子照見什麼？或在鏡中看見什麼？一切留給讀者去聯想。他要的效果，只是把「水」切斷，讓它「亮」成鏡子而已。也許他感到這樣寫很有趣，就這樣寫了。

　　第二節延伸「刀」與「鏡」的意象：「刀鋒旋轉，鏡

裂臉歪」。鏡裂，是記憶的破裂；臉歪，是形象的扭曲。
這時記憶已經由「水」成「鏡」，再由「亮」而「裂」，
因此如何收結是頂要緊的。「所有的心事倒背如流」，此
句與首句產生對比，並相互呼應。本來記憶是流動的，他
抽刀斷流使之成鏡，又旋轉刀鋒使之破裂；而當記憶碎裂
時，所有不可留的「昨日」，伴隨著當時的心情一一流
漾。「倒背如流」，含有逆溯之意，意謂他對那些破碎的
記憶都清清楚楚。每片裂鏡的光，都讓他追溯過去的一段
記憶。我想這就是作者以「憶」命題的主因。

　　全詩由「流」到「斷」，再由「斷」回「流」，完
成了架構，可說充分掌握「水」的特質，寫出對記憶的感
覺。用語鬆緊自如，不避俗字，又善於改編典故，表現對
記憶的創想，讀來輕鬆有趣。

畫裡有話
──讀無花〈畫窗〉

江美慧

【截句原作】

　　〈畫窗〉　作者：無花

　　理想的窗
　　是會下雨的
　　有光藏在影子後方，或反之
　　無框，有愛裝修的人

【解讀】

　　無花是馬華優秀的詩人，這首詩以視覺和心覺交感而成；詩人把眼睛看見的事物移轉入心底，經過時間反覆萃取，最後提取出詩句，有抽象的浪漫，又有柔情的親和力。

　　詩題〈畫窗〉，並不是真的在窗上畫畫，而是透過窗外來來往往的人物、風景，彷彿是畫面裡的內容。穿過窗的眼，每天每刻都可以欣賞到不同的動畫在透明的窗上。

「窗」是房屋用來通風、透氣或者透光的裝置，也代表一種內與外的區隔。從首句「理想的窗」可以看出詩人心思的細膩，因為有「理想的窗」，意味就有「不理想的窗」，什麼是「不理想的窗」呢？如興建房子時，預留裝置的窗是面對夜總會（山坡墓地），就有風水問題，面對工廠有空污、噪音問題，面對高樓大廈有採光、潮濕問題，面對鄰居廚房有異味、排油煙機問題；又窗戶面對西方容易受到午後強光的大面積照射，人會顯得沒精打采。北方背光，採光差，且從北方吹過來的風往往比較冷，尤其冬天的時候，北風對窗而說，家中若有女性，尤其不宜居住在北面開窗的房間裡。

那什麼是「理想的窗」呢？東方是太陽升起的地方，清晨的陽光會令人感覺新一天的開始非常美好，能振奮人的精神。而南方一般也是向陽的一方，尤其冬天更有利於採光。若採光好，通風佳，又有面對青山綠水，那當然是最「理想的窗」。

第二句，雨是一種自然降水現象。大氣層中的水蒸氣凝結成小水珠，大量的小水珠形成了雲。當雲中的水珠達到一定質量以後就會下落至地表，這就是降雨。假始我們換另一種思緒的讀法，這裡的雨並不是真正的雨，它是暗示有感情的、有濕度的；如同在人的心情中會凝結很多喜怒哀樂的情緒，當壓力達到一定質量以後，就會流出眼

眶。這句是借代，句子表面雖然以語言出現，但是語言背後的意識才是深層的。

　　第三句「有光藏在影子後方」，影子是一種物理現象，是光線被不透明物體阻擋而產生的黑暗範圍，與光源的方向相反。影的橫切面是二度空間輪廓、阻擋光線物體的倒轉投影。所以「有光藏在影子後方」，與「有影子藏在光後方」，是相同的意思，故詩句說「或反之」。這句另種誤讀是暗示事出有因，也解讀一個人的後方是另一個人的支柱，有光才有影子，有影子必有光。

　　第四句「無框」，畫未完成之前並不會裝框，表示「畫窗」這一幅畫尚未完成，或是永遠沒有停止的時候。「有愛裝修的人」，意思是有不斷變化的人事物從窗經過。

　　這首詩是用旁觀者的觀察角度描寫。透明的窗，是一幅最美麗的風景畫；形而上，我們的心，也如同一扇窗，是別人眼中的一幅畫，畫畫的人是我們自己，要有下雨的真情，有光的明亮、開朗；有影的沉默與哀傷。在生命蓋棺論定之前，正是無框，有愛裝修的我們，好好地盡情揮灑；「畫窗」自己千紅萬紫的色彩吧。

截餘生傳新意
——讀詩人卡夫〈痛〉

李明璋

【截句原作】

〈痛〉　作者：卡夫

點亮一盞燈

眼睛成了驚弓之鳥
槍都上膛了

我不過是想寫一首詩

【解讀】

「他人即地獄。」——沙特（Jean-Paul Sartre）／法國哲學家

關於截句，詩人卡夫自論：「『截句』讓我的詩獲得新的生命。葉子鳥說我是『截後重生』，靈歌說我是『自截與被截的詩句』，他們都從兩方面點出了『卡夫截句』

的特點。」綜合以上，筆者認為最符合各詩家觀點的截句，當屬〈痛〉這篇作品。

〈痛〉是一首非常獨特的截句典範，經歷原詩作者卡夫至少兩次「擷取」，展現「截然不同」風貌，而最終收錄《卡夫截句》之定版，則達到「存在哲思」的高度。

〈痛〉最初詩文：

不過點亮一盞燈

眼睛受驚
嘴巴嘩然
所有槍舉起

我感到痛
要有一聲叫喊

這是找不到門窗的房間

原作所觀照的是「靈魂深處的痛楚」與「伏案創作的艱辛」。那麼「截後」又如何？詩人卡夫第一次自截，發表於2017年9月6日facebook詩論壇，四行相連，無分段：

不過是想寫一首詩

我點亮一盞燈

槍都上膛了

眼裡有驚弓之鳥

　　截後首句「不過是想寫一首詩」同樣點出「創作動機的純然」，比七行原詩更為濃縮。而詩人第二次自截於2017年12月出品的《卡夫截句》，則蛻變成1+2+1形式：

點亮一盞燈

眼睛成了驚弓之鳥

槍都上膛了

我不過是想寫一首詩

　　自此，詩意展現了原詩與首截四行從未觸及的向度：「點亮一盞燈」可解讀成詩篇完成，詩人將自己與作品攤在「陽光」（一盞燈）之下，眾目驚蟄，磨槍霍霍，隱喻「單純詩心」投入詩壇之後掀起漣漪，詩作在社群接受各方討論、詮釋、雅和，甚至論戰。

　　現實生活中，詩人作品面世便面對「詩的命運」，或

被遺忘或留存，總逃不過他人品頭論足，如同法國哲學家沙特《密室》中最後一句；諸多引用也最常被誤解的名言：

「他人即地獄。」

沙特解釋，此言並非指「他人如地獄般難以相處」，而是當一個人「肉身死」便在睽睽眾目中凍結，無力抵抗外在詮釋，也再沒有機會改變自己給予別人的印象，換句話說：我們將永遠埋葬在他人的記憶和感受之中。

一首詩，何嘗不是如此？

詩篇完成瞬刻，創作者已無權置喙，詩作本身才正將展開新生旅程，一首詩即一隻漂鳥：有些鳥出世便自然殞落，有些鳥被評論擊滅，有些鳥自在翱翔……不論命運如何，詩人不過創造一隻漂鳥；「不過是想寫一首詩」。

若〈痛〉原意「創作的煎熬與苦悶」因自截而精鍊，那麼第二次截，首句挪移與行數跳躍，則詩作重獲「詩命」──由此看來，擷取或改寫，截句都給予了原作新生的機會：

〈痛〉原詩七行，表達創作艱辛，意旨明確清晰。

第一次截，短小簡潔，初衷不變。

第二次截，截而復生，傳遞新意。

截即割捨，割捨即痛，詩作重生，新意永生。

提前下了大雨，但你不要帶
——讀畢贛截句詩〈路邊野餐21〉

楊瀅靜

【截句原作】

〈路邊野餐21〉　作者：畢贛

有一天
我去聽你唱過的歌

再看看天空
雲就把下雨的時間提前

【解讀】

　　與電影同名的詩集《路邊野餐》總共收錄24首詩，以書名《路邊野餐》為大標統攝全局，而每一首之上只標以數字，這本來就是與電影共生的文本，電影中的男主角陳升身分是一個詩人，戲外導演畢贛寫下陳升的獨白，就收錄在《路邊野餐》詩集裡。

　　〈路邊野餐21〉時態不明，主角狀況不明，詩句第

一段：「有一天／我去聽你唱過的歌」，這可以是發生過的事，供主角「我」事後回想記敘。也可以是「我」對「你」所許下的承諾，有一天我將會去聽你唱歌。而到了第二大段，「我去聽你唱歌」這件事情已經發生，即使不知道歌曲的旋律或是歌詞內容，但第一段與第二段之間的空白，已經方便讀者在腦海揣想旋律與詞境，也就是說在大段與大段之間，時間不自覺流逝，「你」已經將歌唱完。

但「你」到底對「我」唱了什麼呢？詩人雖不說明，卻也有跡可循，因為那些歌聲彷彿翳入天聽，嚴重影響天象，轉眼烏雲密布，將要下雨。當然一切只是詩人心中所想，根本與外在自然景色無關，等一下白雲是否轉黑，雨是否會降下，一切尚未定論，但「我」眼中再看到的那片天空，已經因為「你」的歌聲，心境有所不同。所以「再看看天空／雲就把下雨的時間提前」，詩人的耳邊迴盪的到底是感人肺腑的歌曲？自然界裡風的蕭蕭？還是粒粒分明的雨滴？與其追究氣候是否變壞，倒不如說那雨真實的落在詩人的心底。假如雲是天空的眼睛，詩便是一朵雨雲，敲在鍵盤上的文字鏗鏘鏗鏘，雲滴答滴答，落下來的詩全是情緒，潮濕的夾雜大量的水氣，雨落在眼底久久不晴。

導演畢贛說：「我的電影就像一場大雨，但你們不

要帶傘。」不時夾雜著詩句的電影，一首一首被男主角唸出來的詩句，總共24首，每一首是大雨的1／24，或許還撐不到結束，讀者會因為某個句子、某個畫面讓雨提前下起，或是一次聽一首詩，每一首詩都是場獨立的大雨，但讀者不要帶傘，才能整個人崩潰成瀑布，被水氣淹沒至頂。

不能說的祕密
——讀周德成〈忌日〉

吳清海

【截句原作】

〈忌日〉　作者：周德成

當我和你的死亡只有一米　那年我八歲
我聽見漸止的腳步聲

然後我也變成一個死人
是的 死人最沉默

【解讀】

　　這首詩講述人與人，人與社會最後人與自己的關係。

　　題目忌日，忌可拆成己＋心，己，即「紀」，繫扎、約束。個人想法被約束為忌。日也可拆成口+口，當嘴不再說話是另一種死亡，為何不再說，也許是不能說或不敢說，因為人行走在人間，有法律要遵循，有約定成俗的風俗要遵行，這都是「忌」，不能隨心而為。

　　詩的開頭點出作者八歲面對第一次死亡，與亡者面對面的距離只有一米。首句營造一個畫面，八歲的愚駿，對映冰櫃中的大體，空間的一米，在作者思緒裡，可能翻了好幾座的五指山，他一定想理解什麼是死亡，也會思及自己有一天也會經歷死亡。他所觀察到的是「無聲無息」，以聲音巧妙地承接第二句，「漸止」的不只是死者的腳步聲，靈堂中有諸多的禁忌，孩裡的歡聲笑語也都在禁止之列，在死亡的安靜下，作者面對大人的世界，也漸漸失去自己。

　　詩作第一層死亡，作者與親愛的亡者斷了線，生命此刻，時間的斷裂、複雜的迷途，所有大人回答孩子亡者到那裡去？總是典型且尷尬的答案——做仙。原本兩張口可以天南地北，此後只剩孩子對著空氣的自問自答。第一層的失去，他徬徨無依。

　　第二層面對死亡，靈堂代表社會，作者經歷第一次洗禮，只能「行禮如儀」。人我之間的不可成了不是，不是又對立為不對。一夜長大下，社會規範下人的距離是心的距離，心的距離為謊言所拉長。孩子是社會底層最弱勢族群，他發不發聲，不會有人聞問。第二層失去，他不知所措。

　　第三層哀莫大於心死的死亡。所有的「忌」都是不能出口的隱忍、不能說的祕密或是不能慰人的謊言。真相隨

著死亡而消失，死者沒人在乎更遑論生者。在自己與自己相處時，人間的答案似乎也隨亡者而不知所蹤。

　　八歲的孩子長大了，但心仍停留在八歲的喪禮。當初的「忌」把所有的「口」都封死，亡者是自然不再說話，作者也死了心，因為話語在世界顯得多餘，曾有一個人想聽也聽懂了，也就足夠了，而今知音已遠，就讓雙口同泯。

　　作者灰心喪志，讓自己行屍走肉，他不願面對自己，無法抵抗社會制度，更無奈於人與人之間的棉裡針，他選擇沉默。他說死人最沉默，然而他還活著，是生而為人就不該沉默的反諷。

　　梳理詩中三層意，第一層人與人疏離和陌異愈演愈烈，人與人或只有一米距離，但彼此懂得嗎？第二層則帶點諷刺，政府讓人民說話卻不讓人民有無發言權，第三層是人喪失自己獨處的能力，也許裝死讓人好過些。但事實我們都還活著，都還得有人的責任。

　　只有真正穿透死亡，才能真正明白什麼是活著，若能如此，亡者的忌日就會成為生者的生日。

──第二回合優勝──

懷抱星空，仰望明暗
──讀號角〈褒貶〉

鄭榆

【截句原作】

〈褒貶〉　作者：號角

黑夜迴避了所有的褒貶
給了影子一個住所，也給了我床

光明的世界啊！
我能從你偉大的口袋裡打撈我的繁星嗎？

【解讀】

　　題目「褒貶」，褒有讚揚的意思，貶則有批評的意思。而讚揚與批評，兩者對立，卻又可同時存在。而不論讚揚與批評，都會有個對象存在。而能做出「褒與貶」之行為者，僅人有可能。

　　第一句黑夜迴避所有的褒貶。褒與貶並沒有形體，黑夜也無意識，不能自行做出反應，而是隨著時間變化而改

變。而「黑夜迴避」一句可能指黑夜過後的白天，故整句意思為「白天有褒貶」，黑夜人們都在睡眠故無人做出褒貶的評判。

　　第二句無主詞，不知道是誰做出「給」的動作。而影子只在黑暗與光明同時存在的情況下才會產生，反射出人或物體的型態。「也給了我床」此「我」字不確定是指作者，或是他人自述的角度而產生，同理影子也不能確定是否是該名自稱「我」的人之影子。「床」給與人放鬆、休憩、睡眠之處，帶給人安心，放鬆，無警戒心，而「住所」一詞有類似的意思，為人或物之歸處。總合上述，若接續上一句，推測時間為夜晚，則可知夜晚時段給與某人與某物，或某人與其影子一個可以使之安心、放鬆的地方。在接上一段之結果，則可能指白天時某人或某物受到褒與貶之對待，而在於夜晚時刻，則能使某人、物安心，因為夜晚時刻無人做出褒貶，自然某人、物也不會受到褒與貶之對待。

　　第三句與第二句之間有空一行，似是做出與上一段之區隔。「光明的世界」世界有光明，也有黑暗，無光明則無黑暗，此與褒貶類似，二者對立，無褒則無貶。「光明」有正面的意思。而若就整首詩之形式來看，「黑夜」與「光明」相對應著，就似上述所言，無光明則無黑暗。

　　末句，自然萬物廣大無邊無際，自然是偉大的。而

「口袋」則為衣褲之一小角，對比前「偉大的」之形容，而口袋可以裝事物，而「我」預想繁星在口袋中。「繁星」出現在黑夜，白日見不到繁星，則能推測「我」是在想像或是希望。而繁星有閃耀之特性，則在此句中繁星應該是帶有他意，如夢想或是希望。這一句意思可能指「我」希望能從世界的一個小角落找到被裝起來的夢想或希望。

　　而從詩之形式看來，黑夜在上，可知此時為夜晚，而第二句「也給了我床」則二句一同看則如現實躺在床上而黑夜在上。而中間空一行則用來區別上一段，人躺在床上休息，則心中可能有自我期許、反省等等想法。因此猜測為一、二句為現實，三、四句為內心活動。配合題目以及上述，則可能指當「我」在夜晚休息時，不論他人對自己褒與貶，而期許自己的夢想如繁星閃耀。

雙向救贖的力量
──讀孫維民〈約定〉

楊瀅靜

【截句原作】

〈約定〉　作者：孫維民

此刻我為你們澆水、施肥、摘除病葉⋯⋯
希望有一天──當我因為某些人事
即將走在寬廣的歧途，無人提醒──
你們回報我以安靜的善意、孩童的眼

【解讀】

　　〈約定〉一詩出自孫維民的詩集《日子》，在《日子》的封底頁，有一段文字介紹：「對於人性與社會，孫維民顯然仍有不滿；不過，這個世界另有一些美善，無疑地也令人關注讚嘆。」詩人在生活中懷抱負面情緒，「我們與惡的距離」如此靠近，因為惡就充斥在人性中在社會體制下，在人與人的互不瞭解與溝通衝突間，但即使如此，仍會有美善的事情發生在這個世界，也被人所知所讚美。

　　〈約定〉一詩是從動作開始的：「此刻我為你們澆水、施肥、摘除病葉……」，一種極其生活化的動作，詩人轉身照料周圍的盆栽，在陽台上耕耘出一小片綠地。植物的成長肉眼可見，日益茁壯是需要依靠人類每天的澆水、施肥，細心的照料，當然成長過程中也會生病、蟲害，人類適時施以援手，摘除病葉或者治療。人的成長和植物相仿，身心也會遭遇病痛，好像詩裡所說：「希望有一天──當我因為某些人事／即將走在寬廣的歧途，無人提醒──」，人事上的交接應對，往往令人身心俱疲，尤其處在某種齟齬的時候，受傷害的感覺無邊無際，即使知道自己正在鑽牛角尖，卻繞不出死結，宛如身在歧途之上。心之狹窄能夠把歧途走成寬廣，好像已經沒有別的選擇，一路上也無人指引光明的去向。

　　正當此時，不要忽略開在歧路之旁的那些植物，他們開得茂盛，因為有人也曾澆水、施肥、摘除病葉，而如今他們健康茁壯。曾經是被照顧者，反過來成為照顧他人者，那些美善事物萌芽在人善意給予的瞬間。即使是一草一木，施以點滴，便報以湧泉，因此植物回報詩人「安靜的善意、孩童的眼」，善意與孩童般的純真都是撫慰人心的安靜力量，正如植物一身勃發的綠，足以悅目足以乘涼。植物與人之間的感通，不需要語言交流，在善意與善意之間，萬物交融，曾經悉心照料他人的人，終會被用心

看護過的生命所撫慰。全詩以〈約定〉為題，從頭到尾不出現「約定」兩字，有些承諾不言自明，有些愛是雙向互動，比方說詩裡的「人」與「植物」之間的關係。

　　筆者也注意到在《日子》這本詩集中，植物的存在往往象徵某種美善的力量，在〈為一株九重葛〉裡，詩人以詩讚美九重葛說：「黑暗和絕望成為片面之詞／當我走進清晨的街道，看見天空／看見它像一光明的天使」，在〈晨禱〉中，詩人發出感謝：「感謝神讓我早上醒來／目睹植物製造的奇蹟」，植物對於詩人的意義完整且明顯，是一股清新的力量，在混亂的人世間，給予新鮮的空氣喘息休憩，在容易誤入歧途的迷惘時刻，給出純真與善意。

撫摸夜色的回聲
——讀白靈〈斷〉

江美慧

【截句原作】

〈斷〉　作者：白靈

因一顆果實的掉落
輕了的枝椏突地抬頭
想看清是離了還是放了果？

夜臨時才借風撫摸自己的空

【解讀】

「斷」是分開、截斷、不繼續的意思。不管是在人生的路程，該斷則斷，不優柔寡斷；以宗教來說，就是「放下它」的意思。寫詩也是一樣，是該斷句點，或截斷點，其造成意象語境的解讀，都會有不同的意思。詩人白靈以「果實」，準確、生動的意象，用視覺與心覺摹寫，寫出斷的特質，在物我之間，藉以傳達某種觀點，如截句的精

煉詩語言就是一種冗詞贅句的當機立斷。

　　第一句「因一顆果實的掉落」，可能是外力造成，如風吹、雨打、蟲咬；或果實本身已經成熟所以掉落，作者並沒有細述原因，只以簡潔的筆觸，表達「斷」的意思。

　　第二句「輕了的枝椏突地抬頭」，是第一句的延伸，既然果實掉落，枝椏已不再受果實的重量往下壓，當然在斷的剎那間，突然地反彈回到最初原本位置。這句是以物擬人（突地抬頭）的轉化。

　　第三句以設問的疑問手法，讓讀者去思考。所謂「疑問」是心有所疑而問，但是答案作者並不說明。果實的掉落，是果實的離去？還是枝椏放棄了果實？雖然兩者最後的結果相同，但是發生的原因卻天差地別；暗示人生最後的結局，都是一命嗚呼哀哉，但過程的美麗與否，才是生命的一大價值。而行三直接將「離了」與「放了果」，扣在一起，使文字更精煉，不拖泥帶水。這三行將「斷」的意象鋪陳出準確、扣人心弦；淡淡的設問中，由緊繃到鬆弛而深思，此為第一節。

　　第四句與前三句的空行分節，是讓讀者去思考、沉澱第一節的意象。再以第二節，筆鋒一轉為轉折。「夜臨時才借風撫摸自己的空」，這句是虛而實之，意思是夜闌人靜時，才藉著風的吹拂，撫摸自己已經掉落果實，空盪盪的枝椏。所以可以感覺得出，是真的斷了嗎？真的斷了相

思的念頭嗎？若不是因為還有牽掛，怎麼還會在夜色來臨時，又再次借風想起自己的空呢？

　　人生是得是失，本難詮釋斷定。比如，當孩子大了，各自成家立業搬出去，是斷。一筆生意，雙方協商，誰願意退一步，是斷。從長詩截句出四行，也是斷。因此從中窺探心境的變化，在生命旅程裡，所有曾經果斷的，是自己的放？還是它因緣已盡的離去？詩人的這首截句，深深感觸擄住讀者的心，更深一層的思考，在我們心靈某個被遺失的角落，一定還保留著影像和聲音。

人生裡的虛實交替帶來的生命感悟
——讀聽雨〈煙〉

姚于玲

【截句原作】

〈煙〉　作者：聽雨

煙湊合的人生
走著走著
接下來的每一口都似有了生死
越短越重，燙也不離手

【解讀】

　　作者以「煙湊合的人生」作為開頭，描繪人生如煙，朦朧看不透，捉不著的虛無；但煙「虛」的部分不過是湊合而已，這意味著在作者心裡，人生還是有其他部分的存在。我大膽推測，作者企圖把詩中「實」的部分隱藏起來，到了「越短越重」這一句，才揭露的確有實體的存在，而通過聯想和認知，我們確定了實物，一根像生命燃燒著的菸就在讀者眼前浮現，這也是營造詩意的趣味和重

要的地方。

　　煙的「虛」部分，看似不存在卻可通過嗅覺和感受發現它和一般空氣的差異；撲鼻的煙味像人生裡情景與情感的牽動和漂流，無法捕捉卻不可排除它的存在，有氣味的煙也讓生活有了變化和生氣；而我主觀認為詩中隱藏的一根起變化的菸就是「實在」的代表，它可包含生活中當下發生的細節、改變、進展與結束，而當下實在的生活經歷某天竟循環成往後回憶的虛像如煙，因此，我覺得〈煙〉是一篇描繪人生裡的虛實交替帶來生命感悟的作品。

　　作者以煙作為主題（subject）和描述的主體（object）；「煙」是一種飄蕩、燃燒後變得輕盈的物理、化學氣態，就如輕飄飄、虛無、無法緊抓、卻又被歲月活生生燃燒的生命；用「煙」來比喻生命的虛無，所遭受的經歷和變化也符合邏輯。

　　詩中，往前走的人生到了成熟年紀，作者以「每一口（菸）都似有了生死」，擬人的手法描繪菸的宿命，像人；「菸」有了生死既有了生命，藉以悟出日子裡的成長與時刻面對求生的掙扎，帶出生活的惆悵、積極擺脫困境，讓人想起不得不學會珍惜生命的短暫、可貴，這不朽的課題。

　　如之前所提及，詩中雖未直接寫出「菸」這字，但我們仍可讀出作者以「越短越重」的想像描繪以歲月燃燒的

生命像被點燃的菸只會越來越短，而煙的誕生來自於口中的菸，消失的部分既是已消耗、飄散的時光，虛無如煙，卻又老實地發生、存在。

　　作者還以菸變短後的重來比喻日子到了晚年，不捨的情感讓生命有了沉重的負擔，也因日子有功，生命的歷練有了豐富的質感和所謂的重量。「越短越重」彷彿是詩中的高潮，牽起了讀者對「越短越重」這充滿矛盾卻具哲思的詩句的思考和想像；作者以少即是多（Less is more）的描寫手法在這詩句裡達到了效果。

　　最後，作者以抽菸的人依然「燙也不離手」，借此表達無論日子長短、好壞皆無阻個人對生命熾熱的嚮往和勇敢面對的信念做為有力的結尾，也讓詩中輕盈飄蕩的煙有了實在的角色。

在十字路口透視詩的純粹
——讀林靈歌截句詩〈單一〉

林廣

【截句原作】

〈單一〉　作者：林靈歌

十字路口過去
是十字路口
過去是……

不再張望的眼睛

【解讀】

顯然前三行意象的安排，是受到林亨泰〈風景〉的影響。

防風林　的
　外邊　還有
防風林　的

　　外邊　　還有

　　防風林　　的

　　外邊　　還有

　　然而海　　　以及波的羅列

　　然而海　　　以及波的羅列

　　林亨泰以空間的層層「推遠」與靜動的搭配，完成
全詩的架構；但靈歌這首截句的用意並不在於此。空間的
層次，在詩中只是陪襯，用意在引出次節「不再張望的眼
睛」。

　　作者選擇「十字路口」作為空間的延伸，跟「防風
林」的性質是不同的。「十字路口」，是兩條道路交叉的
地方，通常用來指方向難以抉擇，可能是面臨升學、轉換
工作、感情或心理的困擾等等。因此前三行，就是指「十
字路口」是人生無法避免的重重關卡。人生要選擇的方向
何其多，如果不用這樣層層推展的方式，恐怕也很難表達
箇中的意涵吧！所以，我認為這是一種經過沉思之後的再
創造，並非模仿或抄襲。

　　再從另一角度來看，「十字路口」和「歧路」也有差
異。歧路，往往令人無從分辨方向；十字路口，可能是你
必須停下腳步去思考，再決定向左走、向右走或向前走。

這樣說來，「十字路口」也暗含著人生的可變與豐富。在人生旅程中，我們可能經歷許許多多「十字路口」，然而當你終於抵達無限延伸的終點，或許你就會發現：原來自己的目標是如此「單一」，這時就不需像以往那般「張望」。

張望，意謂著一種不確定。當作者說出：「不再張望的眼睛」時，那是他對自我的宣示：我已經知道應該選擇哪一條路了。這可以作為他對新詩創作方向的一種沉思與抉擇。這是全詩的警句，也是詩眼所在。如果改寫為：「我的眼睛不再張望」，意思差不多，但味道整個變了。原詩的重點落在「眼睛」，就能緊密的與前三行連結，暗示曩昔面對「十字路口」時曾經不斷張望。改寫後的重點落在「張望」，只是抽象地下一個結論，並未展現出「眼睛」逡巡（昔）與篤定（今）的對比。

當今詩壇有些人寫詩往往只追求文字的精巧變化，而忽略了意象與心靈的連結，不免顯得有點空洞。而作者所說的「單一」，或者可以做為對治的良方。但他的「單一」，是歷經多重「十字路口」的抉擇才浮現，並非一開始就是單一。他在〈心領神會〉提到：「我寫下的文字／只是流水的日常／一如門前奉茶，你們喝下的／不過是自己的重量」。這不就是一種「單一」的境界嗎？所以我認為首詩不只是人生方向的抉擇，更是作者對詩作與生命情調的確認！

暗戀是一場無花的垂釣
——讀無花〈暗戀〉

澤榆

【截句原作】

〈暗戀〉　作者：無花

仙人掌垂釣沙子裡的水
你垂釣水中的魚
魚釣走睫毛上的風沙
你釣不走牠眼裡的汪洋

【解讀】

　　以上是詩人無花於2019年4月14日發表在「facebook詩論壇」的一首截句。

　　讀這首截句，首先觀察到了一個貫穿每一行的字，那就是「釣」。此字怎麼扣合詩題〈暗戀〉呢？——其實暗戀和釣魚皆是很考驗耐心的活動。無花結合兩者，並運用「垂釣—垂釣—釣走—釣不走」的變化來向我們揭示一場暗戀。

　　從首句「仙人掌垂釣沙子裡的水」，映入眼簾的就是
一株仙人掌孤獨地在荒涼沙漠求存，悄悄往地下擴張自己
的根，特別有耐心地吸取每一顆沙子裡的水分，以捱過乾
旱。這不就像是處在暗戀中的人們的行為嗎？表面上用刺
武裝自己，怕被人看穿；而暗地裡獨自一人，默默關注對
方，想盡可能了解更多，努力尋找著每一份可能的情意或
彼此共同點。在這嚴峻環境裡不時也想放棄，偏偏這暗戀
又如仙人掌特別頑強，只需要一丁點可能和想像，又能苟
延殘喘了。

　　第二句「你垂釣水中的魚」，這裡我認為不是在尋常
的水中釣魚，而是從上句延伸並縮小至微觀，在沙子裡的
水中釣魚，點出了暗戀的難度——仙人掌垂釣沙子裡的水
已經很困難了，而「你」竟然還要垂釣這水中的魚？不是
癡人說夢、難上加難嗎？正好寫出了暗戀者常想得太多太
細卻又太不切實際。

　　兩次應用「垂釣」後，在第三句終於有東西被釣走
了。誰是這厲害的釣者？竟然是魚！魚本應是被釣者，而
現在竟巧妙地被轉換為釣者，還成功釣走了睫毛上的風
沙。反觀「你」竟什麼也釣不走，更凸顯了暗戀者的苦
澀。此處的「睫毛」，正是駱駝抵禦沙漠風沙的關鍵，讓
牠不會看不清眼前的路。這反客為主的「魚」（暗戀對
象）彷彿說著：「你」深陷在風沙（暗戀）中，被遮了

眼，讓我幫你釣走風沙，讓你看清現實吧！

　　末句「你釣不走牠眼裡的汪洋」，也是上句的延伸，這次卻是由小（眼淚）回到了大（汪洋）。有人說駱駝不會哭泣，牠的淚腺為適應環境而退化了；也有人說哺乳動物都有淚腺，駱駝也會因為風沙而流淚。這句其實直接戳破了暗戀者的想像──明白了嗎？你釣不走的，牠的眼淚（也包含喜怒哀樂），怎樣都與你無關。於是「你」這時反被自己累積的汪洋（情意）所淹沒了。

　　由於環境，駱駝與仙人掌都善於儲存水分，可聯想為暗戀者儲存了滿滿情意卻不敢輕易洩露。而暗戀大多無疾而終，那些不敢說出口的最後都成了身上的每一根刺。真正能夠開花的仙人掌又有幾棵？

　　但暗戀有時正是美在「得不到」吧，才讓人有了無限遐想，想那些「沒有的如果」。也正是暗戀讓我開始了寫詩，隱藏起了好多無以言說的心事。長大後才明白：釣者有時享受的正是過程，無關結局如何。會否開花結果也許早注定了，所有的「刺」在現在看來竟是如此溫柔。而那些經歷和過程則成了未來自己寫詩的養分。

路漫漫其修遠
——讀靈歌〈詩路〉

邱逸華

【截句原作】

〈詩路〉　作者：靈歌

贈給你的，不過是舊行囊
每一本書都是盤纏
你腳下詩出去的路，還長

——《靈歌截句》，2017，秀威資訊

【解讀】

「路漫漫其修遠兮，吾將上下而求索。」——屈原

中國最早的浪漫詩人——屈原，在《離騷》裡，對自己逼仄的生命境遇，發出「路漫漫其修遠兮，吾將上下而求索」這樣自省自勉之語。透過詩句，寄託憤懣，詩人的生命經驗與詩的境界是如何緊密扣合的，於此可謂昭然呈現。

　　詩人讀詩、寫詩，自有其使命感，以創作實踐自己的價值，對寫詩不輟的詩人而言，必然是一條漫漫長路。而這條「詩路」，如何走得「長遠」，如何透過人生的淘洗與修鍊，寫出自己追尋的真理，正是這首截句小詩試圖傳達的深意。

　　靈歌的截句多半精煉，飽含人生哲學與智慧。筆者最欣賞的正是靈歌一貫的「沖淡」與「洗煉」，「如礦出金，如鉛出銀」這樣的真純與精妙。之所以選〈詩路〉一詩進行解讀，是因為它在我提筆創作的初期，起了很大的激勵作用，提醒我如何將讀詩過程的感動、領悟，化作自己詩作的養分。我試著把這首詩作為「對話」來解讀。這「對話」可以有雙重意義：

一、與自己對話

　　原詩首句中「贈給你的」這個「你」，是作者對內在「我」的傾訴。而所謂「舊行囊」，是自己「昨日之種種」。我昨日的生命化作了今日的養分，成為「行囊」裡的「盤纏」；而明日的我，將用這些能量，朝漫長的詩路走去，為理想「上下而求索」。

二、與讀詩人（讀者）對話

　　若以詩作為與讀者之間的交流、對話，原詩首句中

「贈給你的」這個「你」，即是萬千讀詩的重要他者。詩人親切地對讀者說，我雖把詩送給了「你」，但與「你」對話的是「昨天的我」。如果讀者讀詩有了感動、收穫，那這些能量會成為生命的「盤纏」，在「你」未來漫長的路上，給「你」力量與滋潤。

　　「行路難，行路難，多歧路，路安在？」當我們苦行於創作或生命之路時，讀與寫正是一種自我釐清、沉澱，進而轉化、積蓄的過程。無論詩中的「你」是自己或讀者，這首詩都給了我們正向溫暖的鼓勵。

　　我想到靈歌另一首截句〈讀詩〉：「整本詩集都是夜／劃過天際的千百顆星／尋找自己的落點。」在漫漫的詩路上，我們讀詩、寫詩，都必然歷經茫然尋找落點的階段。這時候靈歌的詩句彷彿就站在他的落點上，對著觀眾說：不要忘記初衷，請善用你行囊裡的盤纏，因為，「你腳下詩出去的路，還長」。

翅膀下的焦慮
──讀緬華女詩人雲角截句〈焦慮〉

王崇喜

【截句原作】

〈焦慮〉　作者：雲角

擺動在烈日下的電纜上
只想站得更自然一點
拒絕接受
肩上被遺忘的一雙翅膀

【解讀】

　　「焦慮」作為一種情緒狀態和心理衝突，它始終潛伏在你我的方寸之間，並不定在某時某地某個特定機緣下猛然來襲。用學術的方式說，即當外界環境所給予的驚嚇、傷害和壓力與自身抗壓能力無法形成一定的平衡時，焦慮就會產生。

　　雲角是緬華80後女性詩人，也是緬華五邊形詩社社員之一。她的詩主題鮮明，感情細膩。「焦慮」這首詩，從

題目上已點出了大多數人普偏經歷過的感情經驗，甚或突出了這個世代越來約多的人被「焦慮」所捆擾的社會議題。

　　焦慮的起因自然是多面性，也因人而殊。雲角這首詩，寫的是一個人因為對愛情有某種程度的焦慮感而作出了拒絕被關愛、被照顧的決定。然而，在我讀來，這首詩所透露的情感，不只是文字表面的焦慮，而是甚於焦慮的一種「恐懼」，假設得再大膽一些，那是一種「戀愛恐懼症」的寫照。

　　焦慮是一個抽象的概念，抽象的概念是空乏而不具體的，但在雲角的筆下，焦慮已化為一股強烈的心理活動，在烈日下搖搖欲墜。詩的開頭緊扣主題「擺動在烈日下的電纜上」。是什麼在擺動呢？詩人透過聯想的寫作技巧，從洞察一只小鳥站在電纜上的「搖擺」身姿，進而聯想到內心的忐忑、徬徨、不安的心理「搖擺」，透過詩人靈敏的筆觸，成功的將情緒的波動轉化為鮮活可見的畫面。「烈日」象徵承受焦慮的痛苦和煎熬。

　　然而，沒有什麼是不能下決定的，詩人又為何遲遲沒有決定，而是一再的踟躕，一再的搖擺呢？詩的第二句，詩人給出了一個答案「只想站得更自然一點」。這個答案，同時表達了詩人的人生態度。

　　「只想站得更自然一點」。這句話一出，立刻讓我想

起那些在懸崖兩端走鋼索的人的畫面，他們為了保持身體的重心平穩，必須用一根長長的棍子來平衡。有時，我們的生活中，也需要這種平衡（焦慮）。

但在此詩中，詩人所表現出來的人生態度「只想站得更自然一點」，無疑是不想被外在的一些東西所束縛，詩人嚮往的是更自由的天地。因此，詩人心中有了更清楚的聲音「拒絕接受／肩上被遺忘的一雙翅膀」。詩的最後一句，才道破了詩人所焦慮的，原來是肩膀上有一雙一直被忽略、被遺忘的翅膀。不難理解，「肩膀」與「被遺忘的翅膀」的關係，即是「追求」與「被追求」、「愛」與「被愛」的關係。詩之全旨，由最後一句轟盤托出，讓人恍然明白箇中原因。

換個角度思考，如果選擇接受肩膀上的一雙翅膀，是否就會影響到我們的「站姿」呢？這個得失的問題，但看當事人如何取捨了！

內斂、含蓄是寫小詩需要把握的要領之一。雲角這首詩，含蓄得恰到好處。表面上寫一只小鳥的徬徨失措，實則以鳥喻人，言在此而意在彼。故事的結局有淡淡的憂傷，但也可從這首詩中，看到不同的人生態度和另一種風景。

小詩之難，亦難在「言簡而意長」。讀完雲角這首截句小詩，最後烙印在我腦海裡的是「只想站得更自然一點」。我想，這句話是值得我們細細反芻的。

同志詩入門
——讀黃里〈同志〉

林奇瑩

【截句原作】

〈同志〉　作者：黃里

在遍體鱗傷的

摸索裡　尋找

相同位置的那一顆痣

【解讀】

　　隨著近幾年LGBT意識抬頭，同志詩也逐漸嶄露頭角，在談這首詩之前，先討論何謂「同志詩」。同志詩由兩個面向組成：「同志」與「詩」，在定義時容易掉入一個誤區，那就是只關注何為「同志」，不關注何為「詩」。同志是一種身分，擁有此種身分不代表只能寫同志詩，不是同志也能描繪相關主題。

　　根據紀大偉老師的見解，台灣出產的同志詩定義如下：讓讀者「感覺到同性戀人事物」的「認同詩」。意即

作者本身是否擁有同志身分並不重要，重要的是用詩的語言說服讀者、使讀者對於內容產生共鳴與認同感。這首〈同志〉不只在題目上就直白展現其類型，內容更用三句詩，道盡現今同志面臨的困境。

　　第一句「在遍體鱗傷的」，不完整的斷句引起讀者想要繼續往下閱讀的欲望，同時也展現了停頓的節奏感。遍體鱗傷是常見的成語，以指涉滿身都是傷痕；然而從題目觀之，這裡的「遍體鱗傷」並非描述生理狀態，而是描述心理狀態。因為原生家庭、同儕、社會等外界壓力——或者更直白地說，異樣眼光——讓同志在面對身分認同時，所展現的掙扎與無力感。

　　第二句「摸索裡　尋找」分為兩個部分「摸索」與「尋找」，有著承上啟下的作用。「摸索」為一動詞，以「遍體鱗傷」修飾之。同樣地，摸索可以分為生理上以及心理上的層面：若以情慾的角度切入，摸索可以視為對於另一具同性身體的慾望展現；若以情感的角度切入，則摸索轉化為尋求自我認同，以及對於他人是否具有同志身分的試探。「尋找」也是動詞，但在這句中無法得知欲尋找的受詞為何，如同第一句顯現停頓的節奏感之外，亦為下一句進行鋪墊。

　　第三句「相同位置的那一顆痣」做為整首詩的結尾，同時將氣氛渲染至高潮。整句敘述將抽象的感受實體化，

「相同位置」影射雙方擁有相同特質，意即同志身分；後面的「痣」運用雙關與借喻的修辭，「痣」諧音「志」代表同志，藉由隱匿、不易於發現的人體特徵比喻心理認同，與前一句的「尋找」融合。讀起來強而有力，極具震撼感。

　　綜觀而言，本詩結構完整、囊括起承轉合；強調節奏感、利用斷句達成錯落有致的效果；並運用虛實交錯的手法，將生理、心理狀態完美交會。最重要的是，讓讀者看見同志族群的生存不易，適合做為同志詩領域的入門，引發讀者思考與深入探究的渴望。

比遼闊還遼闊：甜蜜與苦澀的懸疑
──讀詩人蕭蕭截句詩〈遼闊〉

李明璋

【截句原作】

〈遼闊〉作者：蕭蕭

最是害怕
「我愛你」尾音一落之後　　那種遼闊

【解讀】

　　長久以來，台灣一直是華文流行音樂重鎮，知名「信樂團」即為其中代表樂團之一。該團創作過一首膾炙人口主打歌曲〈從今以後〉，音樂錄影帶中，女主角隨著運鏡流連徘徊，男主唱以「畫外聲」（off-screen sound）深情道出：

「你最低落的時候，我會帶你去看遼闊。」

「遼闊」當然是指「離開現地」，前往更無限寬廣、甚至全然未知的世界，讓人聯想起「迪士尼」（Disney）第31部動畫《阿拉丁》（Aladdin）動人主題曲〈嶄新世

界〉（A Whole New World）：主人翁「阿拉丁」半夜躍
進皇宮陽台，邀請「茉莉公主」（Princess Jasmine）乘上
魔毯，飛天入地，前所未有的感能體驗盡收眼底，堪稱流
行娛樂文化史上一趟溫馨浪漫的標誌性遊歷。

　　談到「浪漫」，詩人蕭蕭是箇中情懷的「實踐者」。
筆者大學時期，有幸旁聽詩人蕭蕭於中文系開設的現代詩
選課程，蕭蕭老師課堂上論及情詩，分享個人年輕時曾為
戀人咬破手指在手帕上血書「愛」字的往事，眾學子間一
時傳頌；無不津津樂道。許多年後，詩人再以〈遼闊〉為
題，書寫「愛戀」另一個面向的風景。

　　〈遼闊〉顯然是一首情詩，全詩僅有兩行，形式
上象徵「兩人世界」，而初步推敲，詩中二人關係當屬
「友達以上；戀人未滿」階段，內容描述詩中「主角」
（persona）向對方初訴情衷一瞬，等待回應的煎熬。詩
人特意將第二句中「尾音一落之後」的後方空下一格，再
接續「那種遼闊」，刻意營造「一步天涯」的遙遠感：

　　　最是害怕
　　　「我愛你」尾音一落之後　　那種遼闊

　　不同於「信樂團」〈從今以後〉與「迪士尼」〈嶄
新世界〉「帶你去遠方」的景緻，透過重新定義，詩人蕭

蕭的「遼闊」不再是「地域的寬廣」，而是「時間的展延」：這樣的「遼闊」演化成「懸疑」；一種「遲遲未決」、「度秒如年」的懸疑──這樣的「遼闊」之後，兩人若不是昇華至樂園，便是告白者墜入深淵，也使得這首詩所有參與者：詩中角色、讀者與作者，懸宕於「下一步非天堂即地獄」的張力。

　　除了賦予舊詞新意，〈遼闊〉的趣味還在於遣字及限字的簡煉與留白，提供了讀者多重閱讀的想像：

　　1.就開放結局悲喜程度，本作可以是「恐怖告白詩」，也可以是「可愛小情詩」，端看讀者個人生活體驗的投射。

　　2.兩人關係除了「友達以上，戀人未滿」，也可能正值「求婚當下」或「離婚邊緣」的悸動狀態。

　　3.詩中沒有「主格」，「主角」可能是「告白者」；也可能是「被告白者」，不論如何解讀，都能涉入詩人精心經營的「不確定感」。

　　因著詩意與巧思，〈遼闊〉無疑成為二行截句代表作，詩人蕭蕭談「愛」，寓意曖昧，句絕深意不絕，也讓「我愛你」這三個字的想像空間，「從今以後」，比遼闊還要遼闊。

放奔的足印

──第一回合佳作──

以詩論詩「日頭雨」
——王羅蜜多《日頭雨截句》中的論詩之作

王厚森

【截句原作】

〈日頭雨〉　　作者：王羅蜜多

日頭猶閣歇一下，捙倒面桶
水沖落身軀，親像山水畫
阮共山水切一塊，牽詩線
騎鐵馬，放風吹

【解讀】

　　參見王羅蜜多的第二本台語截句詩集，這本詩集所收作品多是四行內的短詩（以四行為主），有些從舊作來，有些則是專為詩集新創。詩作的風格有柔情、詼諧、諷喻，內容取材上除了日常生活的觀察外，也有對社會與政治的批判。不過，在這之中特別引起我注意的，卻是散落在詩集裡，隱然成為其基調的以詩論詩之作。

　　在這本詩集所收的60首詩作中，簡單統計共有〈一

葉詩〉、〈緣分〉、〈大南門〉、〈端午乾杯〉、〈小劍
獅〉、〈上帝的籤詩〉、〈雞鵤刺〉、〈剁句〉、〈日頭
雨〉、〈五月茉莉〉等十首詩作中出現過「詩」這個字，
約佔全部詩作的六分之一。加之以詩集的同名詩作〈日頭
雨〉，本身就是一首以詩論詩之作，因此我們有理由相
信，王羅密多在這本詩集中，不無要透過這些截句詩，表
露與談論他心目中的截句詩學。作為代表性的〈日頭雨〉
一詩寫到：

　　　日頭猶閣躞一下，捽倒面桶
　　　水沖落身軀，親像山水畫
　　　阮共山水切一塊，牽詩線
　　　騎鐵馬，放風吹

　　這首詩把淋濕身體的日頭雨比喻成瀑布，很自然的
寫意出一幅美麗的山水畫。作者以為，截句詩的創作一如
「這種山水，隨意剁一塊落來，是一幅小品圖，也是一首
小詩」。換言之，截句其實是生活中無處不存在的風景，
也是生命與智慧的提煉，端賴創作者怎樣牽起詩線。於是
乎，對詩人來說詩可以超凡入聖、法力無邊，也可以是生
活中閃過的吉光片羽。
　　就前者而言，我們可以在〈一葉詩〉中看到，詩人

把法力無邊的菩提墜落人間時，飄落的一葉說成是詩的誕生。〈上帝的籤詩〉中，「創世紀，上帝用煙火寫詩」，光亮的文字變成了天上的日月星辰。〈端午乾杯〉則是以詩，表露對詩人與詩人節的誠敬。〈剁句〉中，則以驚悚又生動的畫面，點出截句是詩在打瞌睡時，被人突然把頭剁下來配茶的結果，同時風還要在旁邊用力吹過。我們可以想像，這種剁、砍、切、割與雕琢的過程，誠然是截句的奧義。

　　當然，截句其實也是短詩，也是生活與生命片段靈光一閃的捕捉。所以我們可以在〈緣分〉中看到，用「一支削尖的鉛筆」來「寫詩」，使「粗俗」變成「雅氣」。〈大南門〉則告訴我們，寫詩得跟喝咖啡的幽雅走在一起。乃至於我們會看到，〈雞鵤刺〉裡詩（尤其是短詩），可以用來解鬱。〈小劍獅〉與〈五月茉莉〉中則以柔情，牽起老街中的小陶獅和潔白的茉莉。

　　總結來說，王羅的這些以詩論詩之作，既點出《日頭雨截句》中的主調，也讓我們瞭解他之於詩的虔誠與深情。

遇上沒有遇上
——余境熹〈孤獨〉的深意

姚學智

【截句原作】

〈孤獨〉　作者：余境熹

邁證集
遷筮坶腴舷狗瞳

腴魏詰袥濼
伆魏詰袥笈禓

【解讀】

　　余境熹的〈孤獨〉收入《魚問：2018臉書截句選300首》，詩家或表示有看沒懂，或以為是打字變成亂碼——這倒應了「孤獨」的題名，詩人的原始意圖要尋著知音，很多時並不容易。余境熹的〈孤獨〉這樣寫道：

邁證集

遷筮坶朘舷狕曈

朘魏詰衬灤

伆魏詰衬筊禑

戀人間的絮語，外人確難以理解，故陳黎（陳膺文，1954- ）有〈情詩〉之作，首段為：「捄蛂旰，宅穸垄柘／极筤岴桯扶蚊赼，眕／岆玪汏袞茾。茼岴／猣宵彶袚刓俴压袞眒」，讀者無法探知句子意思。余境熹〈孤獨〉之作，乍看與陳詩相類，其實不然。

陳黎〈情詩〉各行不可破解，余詩則字字可詮：以速成輸入漢字，「遘」為「卜月」，選字為第三頁首字，若翻前一頁，則「卜月」將拼出「遇」字；「證」字為「卜一」，選字為第二頁首字，翻前一頁，則為「上」字；「集」為「人木」，選字乃第二頁第二字，翻到第一頁，第二字即是「他」。所謂「遘證集」，實是速成輸入法「遇上他」一頁之差的結果。

全詩轉碼，內容便是：「遇上他／就失去愛的力量／／愛得這麼深／傷得這麼徹底」，平白如話。余境熹何以「故弄玄虛」？可推測的原因有：

一、分手是種「孤獨」，而男性敘述者「遇上」的是同性別的「他」，實更難對人言說，唯以密碼寄

寓這種「孤獨」。

二、解碼不易，像我們傾聽愛情失意者訴苦，總覺得有層隔閡，無法切身體會。故此，失戀者有不得不獨自承受的「孤獨」；旁人想安慰，也經常是無從入手。

三、不限於愛情，推及寫詩。詩是對情意的編碼，得有細心者推敲詮釋，否則文本注定「孤獨」。就像本詩，有人有看沒懂，有人以為亂碼，都不能慰其「孤獨」。

向余境熹查詢後，再增列以下兩種解釋：

一、台灣詩人多以注音輸入漢字，較少用速成，故當解讀此詩時，障礙更大。余氏雖以書面語寫作，發音卻用粵語，有時自認為隨便寫的詩，竟深獲台灣友人稱讚；但認真寫，寫得音韻悅耳時，台灣朋友卻說拗口。這種隔閡造成互不理解甚至錯誤評價，使得寫詩者「孤獨」——情況猶如用注音去想，沒法破解〈孤獨〉的密碼一樣。

二、王家衛（1958- ）電影《2046》有名句謂：「其實愛情是有時間性的，認識得太早或太晚都是不行的。如果我在另一個時間或空間認識她，這個結局也許會不一樣。」用打字比喻，速成輸入而早了、遲了一頁，原可感知的情意就擦肩而過，

造成遺憾、「孤獨」。

深入剖析一首像〈孤獨〉的截句，可發現詩作雖短，其義甚豐。學者多注釋古詩，不少新詩卻無此榮幸。古人曲高尚有鄭箋，今人陽春則和者無多，「孤獨」實是許多新詩作者的共同命運。

*本篇文字經余境熹複閱修訂。

釘痕與名字
——漫漁〈遺傳〉、〈猶豫〉的宗教書寫

余境熹

【截句原作】

〈遺傳〉　作者：漫漁

扛不起的原罪
在肩胛骨生出毒果實
父與子　與子之子
掌心有著重疊的釘痕

〈猶豫〉　作者：漫漁

你的名字
是我唯一的密碼

那道門，仍然沒有開過

【解讀】

　　漫漁不時以新詩書寫和反思宗教，除了〈信仰與針筒〉外，其截句如〈遺傳〉、〈猶豫〉、〈牧〉、〈拜〉等，均與基督宗教緊密互聯。限於篇幅，這裡先擇兩首略析。

　　〈遺傳〉所說的，是天主教相信自從人類始祖亞當（Adam）違誡以來，其後裔便世世代代承受著「扛不起的原罪」。〈創世記〉（"Book of Genesis"）記載神以亞當的肋骨造出夏娃（Eve），漫漁轉謂亞當後代由「肩胛骨」生出，但他們同時亦「生出」致命的「毒果實」。無他，〈羅馬書〉（"Epistle to the Romans"）說「罪的工價乃是死」，原罪如「毒」，最後必戕傷人的性命，而且「父與子　與子之子」，綿延無盡，「掌心」上都有著一樣的、「重疊的釘痕」，受損害的印記明顯。

　　耶穌基督後期聖徒教會的〈信條〉（"The Articles of Faith"）則說：「我們信人會為自己的罪受懲罰，並不是為亞當的違誡。」亞當墜落，確令人類必須承受肉身的死亡，但亦讓人得以學習今生的經驗。更重要的是，「釘痕」象徵的是耶穌基督（Jesus Christ）的救贖，人類的「父與子　與子之子」，「重疊」的每一代都獲救恩計畫保障，可享永生。在聖殿中，藉由以來加（Elijah，或譯

以利亞）復興的權鑰，配稱的教會成員可代替死者接受洗禮，誠如瑪拉基書（"Book of Malachi"）所言：「看哪，耶和華大而可畏之日未到以前，我必差遣先知以利亞到你們那裡去。他必使父親的心轉向兒女，兒女的心轉向父親，免得我來咒詛遍地。」以此為據，〈遺傳〉的後兩行又可解作因基督的「釘痕」和聖殿的教儀，父子歷代均有「重疊」的、相同的盼望，可以藉歸信得救。

　　〈猶豫〉亦顯示漫漁對基督宗教經文的熟悉，《新約》（New Testament）的〈啟示錄〉（Book of Revelation）二章說：「得勝的，我必將那隱藏的嗎哪賜給他，並賜他一塊白石，石上寫著新名；除了那領受的以外，沒有人能認識。」明確提到一種如同「密碼」、並非人人可知的「名字」。

　　耶穌基督後期聖徒教會《教義和聖約》（Doctrines and Covenants）一百三十篇記載：「每一個來到高榮國度的人會得到一塊白石，上面寫著新名字，除了那領受的以外，沒有人知道。那新名字就是關鍵語。」這關鍵語是通過幔子、與神會面的「密碼」，作丈夫的終生不會向人透露，作妻子的則只在聖殿內告訴丈夫；到獲得永生後，丈夫便以這「唯一的密碼」，即妻子的新「名字」叫喚妻子，把她帶過「那道門」，進入高榮國度。漫漁說「那道門，仍然沒有開過」，原因固然是現在審判之日尚未來

到；可是想得悲觀一點，這兩行或亦暗示了妻子未能持守到底，對真理首鼠「猶豫」，無法得到高榮榮耀，丈夫乃傷感地表示和愛人同進「那道門」的機會渺茫。

詩的心理學：「我」，
一直在此嗎？是，也不是。
——讀黃士洲截句詩〈位置〉

漫漁

【截句原作】

〈位置〉　作者：黃士洲

火車上。看見
窗外不同景色

不同景色卻看著
窗內，同一個我

【解讀】

很多時候，越簡單的文字，越平常的事物，可以表達出最深的哲思。說來容易做來難，這裡有一首示範。

解詩一向先從題目著手，黃士洲的〈位置〉，先看詩題不看後面，就可以有許多聯想：人生的不同面向，家庭、學業、職場、人際……你在哪個位置？是在上還是在

下？往前還是後退？局裡還是局外？你主宰了自己的定位，還是一隻受人擺佈的旗子？

開頭第一句「火車上。」這個句號（。）頗有意思，一路打拼生活，不就是為了「上車」？等大家都上了車，是否等於達成目標，可以坐下休息了？

既然坐下了，那麼看看風景吧。第一句的「看見」，也有多種解讀法──許多人「看」而不「見」；看見的事物，是真實存在的，還是自我心境的投射；從這個角度看，和從別的角度看，又看到了什麼不同的風景？

第二句的窗外「不同景色」，和第三句的「不同景色」，來了一個頂真（不知是否作者刻意安排，頗為巧妙），然後中間空了一行，感覺是一個轉折，彷彿火車駛過不同的站。第一個「景色」是受詞，代表人生的不同「階段」，第二個「景色」成為主語，人生不同階段的挑戰，透過窗，與火車上的「我」互動。

最後一句收得精彩，「同一個我」可視為一個伏筆，讓讀者思考：過盡千帆，「我」還是當初那個「我」嗎？

「下一秒的我，已不是上一秒的我。」這個概念源自於美國心理學家威廉詹姆斯（William James）在1890年提出的「意識流」（Streams of Consciousness）一詞：所有個體經驗意識是一個統一的整體，但意識內容是不斷變化，流動的，當下一秒的「我」意識改變，和上一秒的

「我」相比，哪一個才是佛洛伊德說的「自我」（ego）
呢？所有的「我」，都是同一個「我」嗎？

　　短短四行，黃士洲來了個心理學大哉問，答案，要我
們們自己去找。

「深入」研閱，「挺進」詮釋
——劉金雄〈插頭〉試讀

余境熹

【截句原作】

〈插頭〉　作者：劉金雄

唯有深入
才得光明的起源
只有挺進
才是幸福的開端

【解讀】

　　截句雖短，意義多元，劉金雄（1964- ）收於《台灣詩學截句選300首》的〈插頭〉一作，可謂得其三昧。

　　最基本的解釋，劉氏此詩如題目所示，寫的是連接電器用品與電源的插頭，「唯有深入」、向插座「挺進」，插得夠穩，像電燈一類能夠照明的電器才能通電運作而予人「光明」，像空調、冰箱、電視這些給人製造舒適環境、改善生活、提供娛樂的用品才能發揮功效，令人感到

「幸福」。所以，說「插頭」是「光明的起源」、「幸福
的開端」，並非太過。

　　往高端一點想，詩中的「插頭」可說是代表了一種
奮進精神。它銳意「深入」，以求成為「光明的起源」，
就像哲學家、神學家「深入」思考，渴求得到「光明」的
真理一樣；它務求「挺進」，要覓得「幸福的開端」，又
彷彿有所開拓的科學家和政治家，甚至刻苦行役、抵禦外
侮的軍人或忠於所事的醫護人員，他們都是社會「幸福」
的重要保障。黃霑（黃湛森，1941～2004）最後的詞作
〈Blessing〉寫道：「人間　全賴有好英雄　豁出種種英
勇　為人類造了美境」，亦是此義。

　　當然，如同俗語偶稱雙性戀者為「萬能插頭」，〈插
頭〉一詩的性意味也是呼之欲出的，但作者的意識並非不
潔。「深入」到子宮，然後孕育出生命，感覺是多麼「光
明」，像卡夫（杜文賢，1960-）〈你的眼睛〉、〈不尋
常的一天〉、〈不尋常的另一天〉等，就都寫過嬰孩的誕
生給予人極大的希望。《聖經》（Holy Bible）中神要人
「生養眾多」，強調「兒女是耶和華所賜的產業」，與之
相契。

　　另外，「只有挺進／才是幸福的開端」兩行，除了寫
夫婦性生活彼此配合能帶來「幸福」外，劉金雄強調「幸
福」而非「快感」，多少也促人反思「挺進」是只求一己

之樂，還是為滿足雙方，達至更深的契合。《聖經》有言：「人要離開父母，與妻子連合，二人成為一體。當時夫妻二人赤身露體，並不羞恥。」不羞恥的連合正好用來規範〈插頭〉的釋義，排除掉放縱情慾、虐待配偶、沉迷色情、尋求外遇等的解讀，因為以上種種，均會破壞「幸福」。

　　這樣讀來，劉金雄的〈插頭〉確實含義豐富，但在多元之餘，也有其道德的錨碇，思想「光明」。劉氏有健康而「不能停止的浪漫」，等待讀者閱讀，共鳴「回聲」。

會悟與回歸
──讀林宇軒截句詩〈旅行〉

林廣

【截句原作】

〈旅行〉　作者：林宇軒

直到找不到歸途
才知道回家也需要練習
像生病是練習死去
寫詩，是練習活著

【解讀】

　　周夢蝶老師曾說：「一首好詩，不是想得好，就是說得妙！」當然我們都希望兩者兼具，卻很難做到。想得好，是「意」的創新，屬於取材與內容的翻轉：說得妙，是「象」的創新，屬於語言與形式的特效。

　　林宇軒〈旅行〉，兼具「想得好」與「說得妙」，可說內外皆美，亦可視為旅行詩的創格。一般旅行的方式，大抵是以「觸景生情」為基調。作者卻跳脫了「景」的糾

纏，完全捨去前半段的「遊歷」，只將重心放在後半段的
「回家」。這種構想，就是對「旅行」概念的一種翻轉。

　　想法翻轉，如果寫法平淡，還是無法觸發讀者的
感應。前兩行本應寫成：「一直想要回家／卻找不到歸
途」，作者卻選取了「練習」，作為旅行與回家的連結，
真是絕妙之筆。這樣的寫法會引發懸念：為何他「找不到
歸途」？「回家」，不是理所當然的事，為何還「需要練
習」？

　　作者並未對讀者可能的懸念給出答案，在拈出「練
習」時，已經有意無意擴大了「旅行」的意涵。「找不到
歸途」和「回家也需要練習」之間的連結，是作者對「旅
行」獨特的會悟，所創造的特效。這時的「旅行」其實已
延伸到人生的起始與終結，因此在後兩句繼續延伸。

　　這個延伸，又創造了一個嶄新的連結。「像生病是
練習死去」，這「像」字，就是榫接點，將「旅行」從空
間的景點移動，轉到人由生到死的移動。如此前後銜接就
很自然。死亡是很痛苦的，但沒有經歷生病的歷程，就很
難體會死亡的痛。用「練習」來連結生病和死亡，滿特別
的。也許只有在生病時，最接近死亡，才會深入去思索
「死」的意義。

　　我以為詩寫到這裡已經要結束了，沒想到下一句，又
是一重轉折：「寫詩，是練習活著」。作者在此刻意用逗

號將「寫詩」與「活著」分開，更能凸顯出「練習」的亮點。前句不分，此句區隔，在形式上產生了變化，內容上也跟著有了轉折。這就是「創新連結」。

　　林宇軒用〈旅行〉演繹了他對生命的會悟：沒有經過不斷的「練習」，我們無法寫出真正的詩，也無法真正了解生死的真諦。逆推回去，就可得到結論：「回家」是需要練習的，也唯有這樣，才能找到生命的「歸途」。

日久他鄉非吾鄉
——讀林錦成截句詩〈漂流——致三鶯部落〉

邱逸華

【截句原作】

〈漂流——致三鶯部落〉　　作者：林錦成

怎麼接袮（祖靈）巨石般崩塌的眼淚，
匯聚改道於城市邊境的漂流……。
夜半蚊帳裡一隻蚊子　嗡嗡……
醒來！拍落原鄉的幻境。

【解讀】

　　本詩以三鶯部落為題材，抒寫原民移居都市邊陲的蒼涼處境。

　　三鶯部落是80年代形成的花東阿美族人混居聚落。在原鄉謀生不易的後山原住民來到都市討生活，但房價狂飆，經濟困難的原民只好聚居在大漢溪河床地。他們彼此照應，在都市聚落中延續部落傳統文化。

　　但由於住地違法，部分三鶯部落居民在政府強制搬遷

的政令下，展開長期抗爭。儘管目前部落居民在政府安置措施下已全數遷居，但過程中對原住民族群的歧視、經濟剝削及漢人中心的本位思想，迫使三鶯部落原民一再「漂流」，而這種「漂流」不只是地理上的，也是心理的、文化的，甚至是生命根源的（祖靈）漂泊。

本詩一、二句為第一節，首句「怎麼接祢（祖靈）巨石般崩塌的眼淚」，就以激問語氣道出部落族群的哀傷。即使聚居在都市部落依舊進行傳統祭儀，但離鄉背井及生存處境的艱困，連「祖靈」都無法承載巨大的悲傷而流下眼淚。第二句（眼淚）「匯聚改道於城市邊境的漂流……」，指涉的便是三鶯部落的原民離開花東，因現實困境匯聚在都市邊緣的河床之上，並展開他們漂流的一生……。

三、四句為第二節，場景設定在夜半的蚊帳中。三鶯部落緊鄰溪水，生活條件自然不理想，夜半有蚊子嗡嗡擾夢也不難想像。這除了是現實經驗的真實呈現，也是平靜生活被侵擾的隱喻。政府要求遷離的三令五申，日復一日威逼的宣告，不正如縈繞不去的嗡嗡聲？而末句「醒來！拍落原鄉的幻境」，他們想拍落的是惱人的蚊子，卻拍落原鄉的幻境──這一拍，將自己從幻想中拍醒，「日久他鄉非吾鄉」，城市邊緣，永遠無法成為自己真正的故鄉。心念至此，怎能不從幻夢中「醒來」？此節真實、虛幻的

歧義，虛實場景自然轉換的流暢，技巧十分高明。

　　林錦成這首截句詩，寫時事、寄悲憫，既扣合「詩歌合為事而作」的寫實主義傳統，又能回應當代人道主義的呼聲，再加上用語精煉，自然能獲得讀者共鳴。

母親的衣架掛在我的夢裡
──讀林廣〈換季〉

吳添楷

【截句原作】

〈換季〉　作者：林廣

夢一直掛在衣架上
等著。我把它取下

衣架一直掛在夢裡
等著。母親把它收起來

【解讀】

衣架一直是生活中最日常的用品，在夢和母親間作最簡單的連結。懸掛是最簡單的動作，因對象的不同而繫著濃厚的情感。

筆者閱讀此詩，第一印象有卞之琳〈斷章〉之感。先從首節的衣架來看，置於之上的主體是夢，看似抽象的狀態，因我的承載而顯其重量，彷彿夢（或夢想）因時間的

風乾，而有它的意義與價值。

　　續寫第一節的夢，第二節的衣架改為置於夢裡，對象則改為母親，顯示出：一、母子（母女）關係的密切；二、母親對子女夢想的重視。

　　綜合一、二節的「等著」一詞，正呼應著詩題〈換季〉，季節、時序的遞嬗也是我和母親心境的變化，作者在第一節對未來處於茫然，直到了第二節，有母親的依偎，心漸安定了。

　　「衣架上的夢」和「夢裡的衣架」對著「取」與「收」動作的差異，取字顯示著作者對夢（夢想）的浮現夢想的追求，收字代表隱密、不公開性，也意謂著親人的愛是珍貴獨特的。上週母親節讀此詩，筆者想起母親收衣架忙碌的情景，母親的愛的確掛在我的夢裡，格外有感。

等待雨中的太陽，追逐彩虹的夢
——讀漫漁〈願意仰頭的話還是看得見光〉

江美慧

【截句原作】

〈願意仰頭的話還是看得見光〉　作者：漫漁

太陽和月亮很公平
誰都可以在底下過日子

有些地方，非得下場雨
才有彩虹

【解讀】

　　這首詩是漫漁詩人（Peilin Lee）發表在2019年5月18日星期六早上十點十六分的「facebook詩論壇」上，剛好是前一天2019年5月17日星期五，台灣立法院通過「同性婚姻法案」，成為亞洲首個同性婚姻合法化國家，再次擦亮台灣包容民主的招牌，詩人為記錄這歷史性的一刻所寫。

　　詩題〈願意仰頭的話還是可以看得見光〉。在這裡的「仰頭」是暗示「理想的追求」；「光」是代表「希望」，整句的意思是「願意為理想而追求的人，還是有機會可以看見（得到）希望來臨的一天」。是一首非常正能量的主題，流露作者有鼓勵人向上的精神，這是一開始就會吸引讀者繼續閱讀的關鍵。

　　第一句「太陽和月亮很公平」。每個人的白天與黑夜時間，加起來的總和，都是二十四小時；並且太陽與月亮照耀在每個人接受的光，也都一樣多，所以是很公平的。唯獨不滿足、不思努力、貪婪之徒，才會怨天尤人，覺得太陽和月亮對自己是特別不公平的。因為詩人本身是基督徒，慈悲為懷的撫慰人心；而這一句是用「太陽和月亮」的鮮明意象，表達了公平。

　　第二句「誰都可以在底下過日子」，是第一句的延伸。在這裡的「誰」是代表「人民」；「可以」是暗示人民都有「權力」在太陽和月亮底下過生活（過日子）。人民的權力是平等權、自由權、受益權、參政權。

　　詩人在這一二句後空行轉折，與三四句分成上下兩節為對比。第一節看似直白明朗，其實是詩人特意不賣弄詩藝技巧的深入淺出，就是因為「太陽和月亮底下是公平的」，詩人想讓這首詩距離讀者是靠近、平凡的，而不晦澀、遙不可及，任誰都可以讀得懂。詩能寫得明朗又有弦

外之音，這就是一種功夫。

　　第三句「有些地方，非得下場雨」，這句是借代。暗示有些地方並不是誰都可以在太陽和月亮底下公平的過日子，而是見不了光的；在這裡「見不了光」的意思是被外界束縛，藉著禁止、無法見光，所以「非得下場雨」，雨是代表抗議、爭取。

　　末句「才有彩虹」。這「彩虹」是詩人很巧妙，一語雙關的借代。彩虹旗（英語：Rainbow Flag），也被稱作LGBT驕傲旗和同志驕傲旗，是一面象徵「性別少數群體」（LGBT）的旗幟，這是其一的解讀。另一種解讀是有些地方的人，理想和抱負是要經過努力爭取，等待時間的成熟（太陽出來），才會有夢想的實現，有雨過天青的美麗彩虹看見。所以不一定是只適合同性婚姻的詩，而是任何有目標、有夢想的人，都可以努力追求的。所以我個人讀這首詩，是有多義性（polysemy），也就是「誤讀」（misreading）。而誤讀並無不可，那是一種再創造，透過讀者的個人理解而再次詮釋作品。我一直認為一首好詩，讀者可以根據自己的文化背景、時代特質甚至個人成長環境的領悟，來進行詮釋，享受閱讀的自由。這就是羅蘭巴特說的「作者已死」，目的就是為了打破權威；「作品獨立於作者」，也就是解放作品的閱讀可能性。

　　這首截句四行詩，也可誤讀是起承轉合的寫法；前後

兩節的對比，除了第一層同性婚姻法案的通過外；第二層
意思是人生中，對理想和目標的過程一定會有困境，但是
不要輕易放棄，依然要堅定自己，努力的方向，在經年累
月的對抗與爭取後，終會有美麗的風景來臨。所以當我最
初讀到這首截句，就被一種感動深深攫住，讓我想寫下這
一篇賞讀，鞭策自己在新詩路上繼續努力，祈望會有那麼
一天，也可以仰頭看見，屬於自己的光，自己的彩虹。

白靈的截句〈穿〉及楊子澗的和詩〈撲〉

楊子澗

【截句原作】

〈穿〉　作者：白靈

哪種消失的姿勢可以重製？
一葉之飄、片雪之飛、絲雨之滴
即使一根髮之叮咚落地

沿路驚叫、燃燒、穿破日子而去

【解讀】

　　白靈兄昔以《大黃河》榮獲時報敘述詩獎，崛起詩壇；近幾年來與蕭蕭兄在《FaceBook詩論壇》大力提倡「截句」，至今已蔚然成風！白靈兄之《大黃河》詩長三百餘行，氣勢磅礡、大器軒昂，沛然莫之能禦；而賞其截句，簡短四行，亦見其用字於細膩之間，精采而帶重裝；慧點之處，不但總結詩旨，亦常讓人會心！

　　白靈兄的截句《穿》以「設問」中的「提問」落筆，精采之處在於：提問能使讀者馬上進入「思考」的狀態，這種起手勢，確是令人擊掌！

　　第二行起，詩人以「一葉之飄、片雪之飛、絲雨之滴」回應首句的「哪種消失的姿勢可以重製？」，飄葉、飛雪和雨絲看似常事；卻已對生命「成住壞空」埋下伏筆！第三句：「即使一根髮之叮咚落地」在清脆聲響的修辭「倒反」中，一根髮之落地，是生命中不可承受之「重」的伊始！

　　第四行白靈兄故意將其分段，借以突顯詩旨，亦可見詩人的慧點！「沿路驚叫、燃燒、穿破日子而去」一句詩，是個動態的意象，讀來腦海中自然呈現：「葉驚叫、雪在燒，絲雨和落髮」「穿破」日子而去的驚嘆和無奈！

　　生命中很多事物是無法「重製」的，歲月和青春再也無法回頭也是必然；「成住」之後的「壞空」更是生命一開始便逐步走向「空」的旅程！

　　這首詩，與白靈兄年齡相近的我，感受自然更加深沉！

【截句原作】

　　　　〈撲〉──回白靈〈穿〉　　作者：楊子澗

　　　哪些模糊的記憶可以重組？

赤足之奔、青澀之吻、兒女初生

甚或第一根白髮冒出山頂

突越歲月撲來，來時路沿途斷層

註：感謝蕭蕭兄提醒建議，稍作修改，以和白靈兄原作
　　協韻！

【解讀】

　　讀詩之快哉，不外乎閱讀一首令人「心有戚戚焉」的
好詩；在我賞讀完白靈兄的《穿》之後，立即提筆，仿其
詩的語言架構，寫下《撲》這首詩一應和。拙作只是「狗
尾續貂」，自然不敢自誇；謹錄白靈兄於《撲》發表後的
留言於後：

　　「子澗兄以記憶落筆，由幼寫到老，沿路處處斷層，
險阻如所有突來的事件又以驚人之姿「突越歲月撲來」，
完全不可預期，只「撲」四行即可喻人生，高啊！」

——第二回合佳作——

以愛誤讀
——讀詩人卡夫截句〈之間〉

李明璋

【截句原作】

〈之間〉　作者：卡夫

眼睛躺在眼睛裡，小了
世界看在世界裡，近了

聲音擠在聲音裡，輕了
時間聽在時間裡，遠了

【解讀】

《愛情，不必翻譯》——2003年美國電影。

新加坡詩人卡夫的截句〈之間〉，收錄於2017年出版
《卡夫截句》第71頁，隨文附上詩人兩歲公子全彩照片，
是一首刻繪父子深意的「親情詩」。同樣設定「情感」範
疇，此次解讀我們將另闢蹊徑，以「愛情」為軸線，截取
世界文學四首情詩名句，「誤讀」詩人卡夫。

　　詩人蘇紹連曾以「高明的「錯置」」點評〈之間〉，若將「躺、看、擠、聽」四字以正常語法還原，即為：

　　　　眼睛看在眼睛裡，小了
　　　　世界躺在世界裡，近了

　　　　聲音聽在聲音裡，輕了
　　　　時間擠在時間裡，遠了

　　對應〈之間〉每一行詩句，我們分別以康明斯（E. E. Cummings）、聶魯達（Pablo Neruda）以及莎士比亞（William Shakespeare）情詩中的「截句」，進入與詩人卡夫「之間」宛若鏡相的對比：

1.「眼睛看在眼睛裡，小了」

　　美國知名詩人康明斯〈我未曾遊歷之境〉（somewhere i have never travelled）首二句傾訴「你的雙眼是我喜悅未竟之處」：

　　　　我從未旅行過的地方，欣然超越
　　　　任何經驗，你的眸中有其間的寂靜（中譯）

　　somewhere i have never traveled, gladly beyond

any experience, your eyes have their silence（原文）

　　情人映入雙眸，所以「小了」。

2.「世界躺在世界裡，近了」

　　榮獲1971年諾貝爾文學獎的智利詩人聶魯達（Pablo Neruda）《一百首十四行詩》中第81首，寫出了「兩個夢的安息」：

　　　　現在，你是我的了。將你的夢休憩我夢中

　　　　愛與痛與辛勞，都應入眠（中譯）

　　　　And now you are mine. Rest with your dream in my dream.

　　　　Love and pain and work should all sleep now.（原文）

　　兩情如夢相擁，所以「近了」。

3.「聲音聽在聲音裡，輕了」

　　同樣是聶魯達的情詩〈我喜歡你沉默的樣子〉：

　　　　讓我在你的沉默中安靜無聲

　　　　並且讓我藉你的沉默與你說話（中譯）

　　　　Let me come to be still in your silence

And let me talk to you with your silence（原文）

沉默彼此細語，所以「輕了」。

4.「時間擠在時間裡，遠了」

英國文豪莎士比亞〈十四行詩／第十八首〉（sonnet 18）最後兩句：

只要世人有眼可為見證

此詩必將留存賜汝永生（中譯）

So long as men can breathe or eyes can see,

So long lives this and this gives life to thee.（原文）

生命因詩長存，所以「遠了」。

若是將詩人卡夫原作「躺」、「看」、「擠」、「聽」四字還原，詩中「愛的語境」仍是成立的：

「躺在眼睛裡，小了」，因為戀人化為瞳仁。

「看在世界裡，近了」，因為戀人唯見戀人。

「擠在聲音裡，輕了」，因為戀人傾耳細語。

「聽在時間裡，遠了」，因為戀人迴響永恆。

有時，讀詩與解詩並不困難，只要以開放的語境與心境閱讀，任何人都能成為愛詩的人。而「以詩解詩」，

更能看到詩的世界性，通過世界級詩人待見一方土地的詩
人、詩，就不會掉入單一文化的狹隘窠臼。

　　愛情，不必翻譯；誤讀，不需設限。愛是你也是我；
愛在世界文學，更永在每一首躺著的、看著的、擠著的、
聽著的詩作裡。

截取眼睛裡永恆的光
——讀朱名慧〈蕨〉

黃士洲

【截句原作】

〈蕨〉　作者：朱名慧

開始都來自於一個捲起的
問號，舒展成為葉子

我們閱讀光
並以光轉譯幽闇

【解讀】

　　這首詩是朱名慧詩人發表在2019年3月4日「facebook詩論壇」上的「攝影截句」，詩題與照片都很有巧思。詩題〈蕨〉的諧音剛好是截句的「截」，暗示出截句的意義和精神；經由「觀景窗」，透過移動視點，進行各種角度、距離、位置的觀察，「擷取」一段剛發芽的「蕨」，握拳狀初生的畫面，就能想像衍生出來創意不絕、聯想簡

潔有力的截句新詩；這和從一首長詩中，截取四行以內為截句，一樣有異曲同工之妙。

　　第一句「開始都來自於一個捲起的」，這是視覺摹寫的詠物詩筆法，從「外形特徵」分辨。剛發芽的蕨，視覺上的樣子就是「一個捲起的」。這句也是轉化的「以物擬人」，每個胎兒剛開始在母親的肚子（子宮）裡的姿勢，也是大大的頭，彎曲的雙腳，模樣就像剛初生的蕨。從這裡我們就能恍然大悟，表面上這首是是描寫蕨的詠物詩，其實是詩人透過「蕨」這個主題意象來詩寫，感恩、思念母親，生下我們來到這個新世界。

　　第二句「問號，舒展成為葉子」，這句是上一句的延伸，詩人刻意在「捲起的」斷句，「問號」放在下一行，就是要強調「捲起的」和「問號」（？），這兩個「視覺」上，相似的創意聯想。「問號」是一語雙關，一個是它的造型就和初生「蕨」的嫩芽，模樣相像，也和母親肚子裡的胎兒，姿態相仿；另一個是暗示新生命（捲起的），對於誕生的陌生世界，有太多疑惑的不安全感，所以有問號，因為透過母親的照顧、安撫，而漸漸舒展（安心）成長為葉子（坦然開心接受新世界）。

　　這一、二句為第一節，寫情用景，借景喻情；以實（蕨）寫虛（母愛），充分流露出詩人纖細柔情的心思，與天生母愛的善感。

　　第三句進入第二節「我們閱讀光」，抽象的光能夠閱讀，就有「轉虛為實」的味道。這句若是解讀，葉子（植物）閱讀「光」，這「光」可以解釋成陽光的「光合作用」，以便存儲養分，就是擬人法；另一解讀，我們（嬰幼兒）閱讀「光」，「光」就代表人世間的新世界，或學習新知識；這就是「賦比興」的「比」，即複合意象裡的借代。

　　末句「並以光轉譯幽闇」。意思是並且以我們學習到的成長（知識與心靈方面），使內心之眼，感到明亮，進而能看見、翻譯（轉譯）面對、解決，現實生活中有所困頓，昏暗不明的事物。

　　整首詩以小（蕨）襯大（母親），並且在一轉一折中，檢驗出詩人文字修辭的養成，和情感藏露的拿捏，含蓄又精準的意象；具體表現出內心所要傳達對母親孕育下，安心成長之感恩的情感。短短四行截句，讓讀者每次研讀、朗誦，就有再次的驚艷和感動。「蕨」已成為心中，最美麗的「文字與影像」的結合。

詩　思　失

——讀卡夫〈夢見　詩〉

蕭宇庠

【截句原作】

〈夢見詩〉　作者：卡夫

迎面來的文字如芒刺
驚醒後　渾身是血

摸摸自己
一半的身體還在夢裡

【解讀】

　　所謂日有所思，夜有所夢，睡前的種種，往往化作夢中的迷幻，題目的夢見詩，是夢見了詩，也是在夢中看見了「詩」，睡前的思，紛紛的化作了夢中的詩，夢見詩亦是夢見思，而醒來後，對於夢的念念不忘，悵然若失，夢見然後失，詩是意象的展品，而夢境就如同一座你既陌生卻又熟悉的藝術館，在這裡你見詩，得思，最後離開所帶

的若失,皆由題目延伸而來,夢見詩、思、失。

　　在夢中看見詩,如同2018年台北詩歌節中,詩蠹阡陌VR體驗展的主題「日夢」,在那場活動,會讓體驗者帶上VR設備,引領你進入詩的世界,在那裡詩不再只是文字,詩被具體化了,詩中的意象及情感,觸手可及,可與之互動,體驗結束後,好似剛做了一場夢,意猶未盡彷彿尚未離開,就如同本截句一樣,於夢裡見到了詩,那豐富的情感如同芒草般多刺,一不閃神就被刺的渾身是血,但是醒來後,摸摸身體,確認一半仍在夢中,是用手摸,所以可以確定的是只有上半身醒來,而在夢中的下半身更是象徵著不願離開的事實。

　　就如同周莊夢蝶,誰能確認是否身處夢中,醒過來也不過是進入了下個夢境,所以每次醒來,就如同重新出生,睡前的種種都成為下次新生的養分,夢見詩(失),現實的殘酷化成多刺的文字,令人驚醒,提早了此次的新生,而渾身的血象徵著此次生命的降臨,以空兩行表答那新生所帶來的迷茫,下意思的摸著自己的身體,缺失的一半,寧願回去讓那多刺的文字纏繞,也不願醒來,面對現實的失。

密碼是多少？
──讀楚狂截句〈到一家店一定先問wifi再問菜單〉

林宇軒

【截句原作】

〈到一家店一定先問wifi再問菜單〉　作者：楚狂

我把密碼
按了
用剩
告訴你

【解讀】

在楚狂看似戲謔和不合邏輯的語句裡，其實藏有虛實交融的現代性。整首截句以一種直接陳述的口吻書寫，除了展現出他認為「我」這個個體的重要性，更同時讓詩中的「你」成為次要的、階級制度下的附屬品，而非對等的互動關係。從詩中選用的字詞來分析，全詩由對象（你、我）、動作（按、用、告訴）所組成，沒有任何實體的意象，卻能營造出一個立體的情境，讓讀者產生高度的共

鳴。由此可見，楚狂寫出了現代都市人的行為，而我們可以藉由詩中的這些動作中，一窺他心裡對於「現代人互動」的真實樣貌。

　　現代人在使用手機或其他電子產品時，會產生一個自我中心主義的互動模式，在個體的內心形成一抽象且嚴密的「科層組織」，自我在最上層，能提供自我酬賞、快樂經驗的人事物依序排列成各個階級，完成一個完整的互動體系。在某些情境下，手機、網際網路上的人事物的階級是高於真實世界中的人事物的，因為「掌握在手中」的感覺讓我們感到可以「掌控」這些事物，就如楚狂寫到「我把密碼／按了」的「按」除了是表層輸入數字的動作，更是自我對於虛擬世界掌控權力的實踐；而「用剩／告訴你」則證實了現實生活中的「你」在該情境下經過自我取捨後被視為次一等的「非我族類」。

　　楚狂這首截句除了內文呈現出科技發展對於現代社會人際互動模式的影響，詩題〈到一家店一定先問wifi再問菜單〉更是一語道破現代人在時代下的普遍社會行為，「餐廳」的意義與功能已經不僅侷限於馬斯洛（Maslow）需求層次理論中最低階的「生理需求」層次，更加入了「愛與歸屬需求」（虛擬的社交層次），更極端者甚至將「wifi」的重要性置於「食物本身」之上。

　　楚狂的詩中常可見到現代都市發展下個體的心境，比

如他的另一首截句〈爽〉：「我們只看到別人的爽／不知
道爽裡面／只有那一個人／和他被打過四個X」回到這首
截句，楚狂以「wifi」、「密碼」巧妙捕捉了現代人的行
為。科技求新求快，我們的互動也隨著社會發展而逐漸被
制約，或許我們沉浸在虛擬的科技行動之餘，也應該關注
現實生活中正在進行的人事物，才能脫離自我的象牙塔，
讓視野更加寬廣。

　　附上截句原詩：

〈溼密〉／楚狂

　　他懂得眼淚

　　那是空杯的影子

　　空的杯裡

　　留下用剩的面紙

　　氣泡紙，按了一半

　　我知道你在等我

　　等我把密碼告訴你

　　就像氣泡那樣擁擠的喧騰

一根點燃的雷管
——讀緬華詩人谷奇截句〈廢墟〉

王崇喜

【截句原作】

〈廢墟〉　作者：谷奇

八根雕花的柱子撐著圓形的屋頂
新郎牽著愛人的手走入新房
一切如此美好
在導彈飛來之前

【解讀】

這是一首收錄在《緬華截句選》中的截句小詩。這首小詩，乍看之下，平淡無奇，但它所引起的震撼，卻是巨大無比的。

首先，我想從作者的背景來談談這首詩。谷奇是出生在緬北地區的華人。了解緬甸國情的人都知道，緬甸是個多民族融合的聯邦制國家，自從1962年緬甸軍政府執政後，國家就形成分裂的局面，因此各民族為了維護自身利

益，紛紛擁兵自衛，其局勢類似中國的軍閥時期。時至今日，政府已努力與各方武裝勢力協商，希望達成「停火協議」，但在談判桌上談判的同時，後方仍不時地傳來槍砲聲。

　　於是，在那樣一個動盪不安的環境下，詩人所經歷的、觸目所及的都是戰亂的影子，即使，詩人現已離開戰亂之地，到一個相對安全的地方生活，但對於國內頻頻發生的戰事或國際間的鬥爭造成難民潮等等事件，無不牽動詩人的感情經驗，並為之吶喊。我想，這是詩人谷奇寫這首詩的原因之一。

　　戰爭，只會帶來廢墟與毀滅；戰爭，只會帶來仇恨與不幸。戰爭所帶來的殺傷力和破壞力，在谷奇的這首截句中，得到巨大的爆響。

　　谷奇這首詩在原詩中並沒有分段，但在這裡我想將它分作兩段來解讀。

〈廢墟〉

　　八根雕花的柱子撐著圓形的屋頂
　　新郎牽著愛人的手走入新房
　　一切如此美好

在導彈飛來之前

　　分段的目的，除了滿足詩的形式美和音樂美之外，還能讓詩更有空間的變化感，讓讀者在讀詩的過程中，能夠享受到停歇、醞釀、轉折、巨變的情境反差和心理震撼。

　　詩的前三行是為一場正在進行中的美好婚禮而鋪陳。「八根雕花的柱子撐著圓形的屋頂／新郎牽著愛人的手走入新房／一切如此美好」讀到這樣的句子，首先會帶給讀者一種完美的錯覺，認為詩人所寫的是一場非常祥和、浪漫、幸福的婚禮，尤其第三句將這場婚禮歸納得「如此美好」，誰料最後一行「在導彈飛來之前」，卻像一根點著了火的雷管一樣，瞬間將這場祥和的、浪漫的、幸福的婚禮，定格在灰飛煙滅之中。這種不可預知的震撼，正是這首小詩最成功的地方。如果讀者沒有仔細注意到詩人所預設的主題，又有誰會料想到詩的結局會是一場由喜轉悲的不幸事件？又有誰會想到一枚導彈會從天而降？有誰會想到這是一場戰爭？因此，詩的前三句極盡完美的營造了以「喜」為開端的婚禮場景，最後一行則是以毀滅性的「悲」劇收場。所以，若將此詩分作兩段來安排，讀來會更有「不可預知」的心理震慄感。

　　至於導彈飛來之後的場景又是如何呢？其畫面則任憑讀者各自去想像、去拼湊，詩人自不必浪費文字去加以宣

染描摹。

　　谷奇的這首小詩，絕在其懂得「截」。他不浪費精力去描繪滿目瘡痍的悲劇畫面，甚至在詩句中，我們聽不到任何巨響，只看到一枚穿梭的導彈從遠方飛來。那一聲巨響有多大，但看讀者的內心反應；那崩頹的畫面有多慘烈，也看讀者各自的想像能力。當言而言，欲言還斷，正是截句需要的內在功力。正如李小龍自創的「截拳道」一樣，不重功夫的套路，而重功夫的實用性，即快、狠、準。截句，正是要以這種快、狠、準，毫不廢話的將詩的內涵和旨趣發揮到極致。

　　我想，谷奇的這首截句，是經過一番推敲設計的。在形式上，詩人透過巧妙的安排，使整首詩呈現了極大的反差效果，而這種反差效果越大，詩的張力就越大。其次，從內容上觀之，詩人雖然只用了短短四行寫了一場婚禮的不幸遭遇，但在"導彈飛來"的一瞬，除了毀掉了一場婚事，同時毀掉了參加婚禮的所有人及其家庭，再向外延伸，其輻射出來的是更大的戰爭議題、資源掠奪議題、和平議題，乃至虛偽的、口號的民主自由議題。

用心戴上，對焦幸福
——讀無花〈隱形眼鏡〉

曾真

【截句原作】

〈隱形眼鏡〉　作者：無花

決定只讀你眼睛
裡面的我

像魚活在水中
尋找海洋

【解讀】

　　蔡琴有一首歌叫《讀你》。年少時練習吉他，常把這首歌先唱了幾遍才願意開始練其他曲目。歌詞寫道：你的眉目之間，鎖著我的愛戀；你的唇齒之間，留著我的誓言……。這首歌裡的「我」是「主體」，「你」則是「客體」，沒有我的存在，你就無法被讀。

　　所以，當詩人說，我「決定只讀你眼睛」，然後立馬

接上一個轉折──「裡面的我」的時候，讓人想到的就是蔡琴的這首歌，那是愛人之間彼此交融得分不清你我且甜死人不償命的情語，簡單嘛。

　　然而慢著，不同的是，作者的題目是隱形眼鏡，「你」的眼睛裡必然有兩樣東西：隱形眼鏡和我。你戴著隱形眼鏡想看清楚我，如此認真用心。於是我便「決定」只看你眼裡的自己，一種把主宰權完全給予對方的勇敢選擇。是的，我在當下是主動的，這是「我」的決定，決定在這首詩裡的「我」不當主體也不是客體，我任何時候都可以做回自己，這個點是至關重要的。

　　魚只能活在水中，這是一種天生注定的宿命，但我們總不甘於成為被安排的宿命，就連一隻魚，都會想帶著勇氣去找尋海洋裡未知的幸福意義。然而尋尋覓覓的路是如此漫長遙遠，並不容易，過程中會迷路失措，會磕頭碰壁。你戴上了最適合自己度數的隱形眼睛，用最合適舒服的恣態希望把我看清。當你準備好自己并願意清清楚楚把視線放在我身上，我便是你用心鎖定的幸福。我有如一條魚，也願意讓你清楚地帶著我們一起去找尋彼此，成就彼此，即使最後幸福的意義也許是空無，過程中的用心交心不就已經是有智慧的幸福決定了嗎？

　　這首截句在簡單的四個句子裡放進了如膠似漆的你我，卻不願被情推著失焦懵懂向前，重點就是用心戴上看

不見的隱形眼鏡，讓自己對焦。

　　世間的關係若能這般決定，這般看重自我，是能省卻多少不必要的煩惱與情傷！而人啊一生中，最想看卻看不清楚的，總是最最眼前的事物。

　　最眼前的，亦是最為隱形。

久別重逢，是為了遇見自己
——讀寧靜海〈告白〉

魯爾德

【截句原作】

〈告白〉　作者：寧靜海

捧著彼此的傷口，你的背包
我的傘，穿過黑暗各自回家
走過夏午，走過雨聲
走進一場葬禮，我用文字毀死自己

【解讀】

　　讀完這首詩讓我體會到，在人生路途中，每個人都只是彼此的過客，無論是否在一起，終究是自己孤獨地死去。然而，《一代宗師》裡有一句話說得非常動人，「世間所有的相遇，都是久別重逢」，仔細想想能夠在最美好的時間裡遇到對的人，就是一件值得珍重與收藏的回憶。也許沒有緣分能夠走一輩子，但能夠遇見、相識、相愛過就夠了。

　　寧靜海的詩句往往風格多變，但不變的是他給予詩句的新與力，用著新奇的想像力，看待尋常的世間景色，賦予獨特的觀賞角度，尤其是短句部分，力道與轉折往往在幾字之間，就能夠迴旋出暴雨式的畫面張力。

　　這首詩獨特之處，在於平面舒緩的節奏，情感轉折與爆發如海底闇湧，捲入則無法逃出循環，陷溺在其詩的意境之中。會造成這樣的效果，除了作者巧妙的文字運用，特別是在動詞的運用方式，寧靜海寫詩習慣運用說的方式推進與層疊詩的意象及情感，在這裡我們看「捧著」、「穿過」、「走過」、「殺死」等用法。

　　第一句用「捧著」開頭，就讓讀者直覺式反射出畫面（熟悉的文字使用，往往讓讀者容易進入聯想畫面），而這裡傷口有個轉折點，因為傷口帶入後來的背包與傘，跳耀式的聯想，然後共同穿過黑暗直到回家。從他者進入個體存在最後融入自己的世界，這裡運用幾個手法，如傷口（開放性）跳至背包、傘（封閉性）聯想喻物慣性，常有人將背包與傘作為傷口的喻物，使得讀者在閱讀時，不會覺得突兀。這裡暗藏著何種形式，讓這兩段產生迴盪的詩意？就在於運用「存在感」的直覺反應思維讓讀者轉移焦點進入詩中，使用「你」、「我」兩個稱呼互換，將讀者從第三人稱視覺，進入詩中個體，這裡用的是人的慣性思維，即對於「存在感」注意，使得讀者轉移焦點，以為詩

中的我即是指自己。再加上「穿過」的詞，帶有力道的速
度感，使讀者來不及思考，就被黑暗壟罩，接著走入彼此
的家中。「家」這個詞往往帶給人安全感、放鬆等感覺，
使得讀者原本因穿過黑暗的緊張而繃緊的神經，突然放
鬆，因此忘了讀者的身分。

　　在三句這裡的走字用了三次，在閱讀上節奏是緩慢，
但作者在這運用的意象卻是從輕鬆到沉重「夏午」、「雨
聲」、「葬禮」，這裡有幾個感官轉換，讓讀者自行聯想
過往常日的體驗以及常使用的意象表達，夏午是觸覺溫
暖；雨聲是聽覺急促；葬禮是視覺沉痛，透過節奏緩快、
感官轉換造成節奏與聯想的對立暨並行的特殊感，第三個
「走進」就是將這些發散與轉換的閱讀感收束，最後終於
殺死了自己，與詩題結合形成自我剖白與象徵愛情變化的
象徵與多面向詮釋。

淺談截句
──讀白靈〈有一天臉書〉

子車干城

【截句原作】

〈有一天臉書〉　作者：白靈

到那時我們會圍坐一本古書
打開某一頁挖的古井
有人伸手撈起井壁一綹長髮
開始吧：第一個跳井的女子是誰

【解讀】

1.詩題

　　我認為詩題的設計十分有意思，作者以童話故事常見的「有一天」開頭，並運用「臉書」瞬間拉近與讀者（尤其E世代）的距離，「以臉書為主角」本身就是一件稀奇可疑的事，當讀者剛燃起興致時，但卻又戛然而止，讀者不免對看似平凡的開頭起疑「以臉書為主角的故事將如

何展開」，也有可能是基於聽故事的習慣，會順著接下去找尋未完的話語，總而言之，這個詩題確實引起我的好奇心、增加讀者接著看下去的機率。

2.時空拉伸

從這首詩裡我感受到一種時間上、空間上的擴展，第一句臉書竟然成了古書，瞬間將讀者拉到也許好幾千年以後，這是時間上的拉擴；第二句竟然在薄薄的一頁會有一口古井，瞬間將讀者視線向下延伸，井帶給人深不見底之感，這是空間上的延展。時與空的同時拉伸，我不禁想到陳子昂的〈登幽州臺歌〉：「前不見古人，後不見來者。念天地之悠悠，獨愴然而淚下。」前兩句為時間拉伸，第三句的天地悠悠將空間擴到最大，也許是對大自然的敬畏，抑或是感到人的渺小，而因此愴然淚下。

3.懸疑氣氛

我讀完整首詩的感覺就是很有畫面感，就像某部電影或小說前的小序，看官彷彿穿越到幾千年後，一起「圍坐」著一本古書，「為何是圍坐？」而且眾人的視線聚焦在一本古書上，這一幕好像某種特殊儀式（我第一個想到的畫面是一群人圍著營火看著一本羊皮紙書，上面寫著看不懂的術語），就在這時不知是誰伸手翻開了書皮、打破

凝固的氣氛，裡面有口古井，感覺此時群人紛紛探頭往下望去，然後又是一陣沉默（此時營火已然微弱、閃爍），在光影閃爍之間，有人伸手撈起一絡長髮（瞬間充滿懸疑氛圍，我頓時連結到瑯琊榜中的蘭園枯井藏屍案），就在營火熄滅前，有人劃破沉寂：「開始吧：第一個跳井的女子是誰？」故事到這，「開始吧」突然透漏這群人彷彿是有目的的，「第一個」也就代表還有很多很多，但最讓我毛骨悚然的是「女子」。我不禁深思「為何自古以來許多經典的作品中，大部分跳井的都是女性？」（比如說紅樓夢中的金釧兒）。

　　回到詩本身，臉書是主角，網路霸凌、人肉搜索、各種侵犯隱私的八卦新聞，甚至許多網路犯罪都是網路媒體的通病，作者也許想傳達的是上千上萬的人都葬身於網路媒體，堆砌成一口古井，從此消失在黑暗深淵之中，如今媒體識讀等議題多之又多，但真正省思並改正的人少之又少，才會讓悲劇不斷上演，讓古井越堆越深。我想有一天會有一群人掀開那一頁古井，找尋深埋的真相。

細微中的情詩
——讀葉子鳥〈洞〉

游澤鑫

【截句原作】

〈洞〉　作者：葉子鳥

她呼吸

在我心腹裡

共用

一個鼻息

【解讀】

　　首句以生活時時進行卻無人在意的動作開啟全詩，使讀者能夠更快融入詩文當中，能在第一句就看到「她」，坐在作者的視角感受著詩所帶來的意境。接續的句段作者將「她」放入深深的心腹當中不僅代表著對「她」的重視與珍愛，也在文字間表達出兩人之間的如膠似漆的生活樣貌，以及比血濃於水更加深厚的關係，把讀者拉到一對熱戀的愛侶之中。

　　第三句的「共用」更是為詩章的高潮、全文的詩眼，短短的一個詞彙不只把情人間的一切都展露出來，不管是生活起居還是餐飲衛浴都可從中窺探，還透露這對戀人如同比翼鳥雙宿雙飛形影不離，生活圈、交際圈等等都相互包容尊重，更揭露他們之間的想法、看法、價值觀的碰撞、交融並成為兩人共同且共用的觀點，可說為心靈層次的昇華。尾句，以延續前面的內容將只羨鴛鴦不羨仙的情侶完美的呈現到讀者眼中，「一個鼻息」更是「共用」之後的甜美果實，讓讀者得以深深的感受到一對鶼鰈情深的神仙伴侶的濃情蜜意。

　　詩名〈洞〉不僅僅解讀為末句的鼻也為詩中的心腹，鼻代表著物質層面的家，心腹代表著心靈層面的避風港，以〈洞〉將兩者包含於其中，也表示情人之間的愛，如同漩渦般將當事人深深的吸引在一起無法自拔，將全詩做個錦上添花、畫龍點睛的效果。

為什麼會有詩
──讀白靈〈悟〉

廖亮羽

【截句原作】

〈悟〉　作者：白靈

那乍現的恍然是一小塊冰
是舌頭上即將溶化的舌頭
是不擬久坐的靈感
唧唧掠過心坎一隻涼涼的蟬

【解讀】

　　從台灣文學系學生時代上白靈老師新詩課，並閱讀老師的作品到現在，還是會有不斷的驚喜，那時老師已在推廣小詩，小詩能讓更多民眾便於學習與閱讀，近年老師創作的截句作品，在詩句行數上節制到四行之內，但也更能在短短四行中，創造精煉又深入人心的意象。

　　這首截句〈悟〉的主題是靈感，讓我想到老師在以前就很注重詩的創造是由何而來的議題，也就是為什麼會

有靈感寫出了詩。老師曾在課堂上給我們看一張「為什麼
會有詩」圖表，表格分左右兩邊，一邊是人腦右半球，特
性是圖像的、非因果的、類推的、軟性的思考，表現形式
是音樂、舞蹈、繪畫⋯⋯。一邊是人腦左半球，特性是語
言的、分析的、邏輯的、理性的、數理的、硬式的思考，
表現形式是數學、天文學、物理學、生物學⋯⋯。最下面
一格是合併用左右半球的表現形式：詩（文學、戲劇、電
影）。這張圖表讓我大開眼界，我從沒想過寫詩或靈感可
以這樣去認識去解析，當時深覺很鮮活很有趣。

　　老師又說到詩之出現就介在眾多早期藝術形式與後來
的科學文明之間，是人類從右半球向左半球大腦橫跨時產
生的的一種文學形式，也是一種普世皆然的藝術媒介。今
日心理學家及大腦神經學、基因學的研究已讓我們慢慢明
白，最難解開的方程式可能就在人身上，而人會寫詩愛詩
可能是宇宙最神奇的奧秘之一，宇宙似乎介助人的此一能
力展現，彰顯自己的奧秘和神奇，「感情的方程式」是想
「究竟」人心是怎麼一回事，「科學的方程式」是想「究
竟」大千宇宙中及的模樣。這課堂的內容也來自老師主編
的新詩讀本的導論。

　　所以在讀過老師對於詩的奧秘及靈感的文章後，再
經過多年後來讀〈悟〉這首截句，會很驚異的發現，想法
科學先進的老師，把他當年對於詩的創造、「為什麼會有

詩」的想法思路，用幾堂課以及數千字的文章，生動又深刻地去分析探討，現在都濃縮在一首截句四行詩裡，以這首〈悟〉，栩栩如生地呈現，靈感（寫詩），呈現老師廣闊思維的微觀宇宙，這是這首創作的驚喜也是驚人之處。

　　這首詩的每一行，能把這些課堂間對於靈感的闡述與推理，精煉簡潔在四行詩句中。靈感怎麼來，靈感與身外物（冰）的關係，靈感與感官（舌）的關係，靈感與身體（久坐）的關係，靈感與靈魂（心）的關係，靈感與大千萬物（蟬）的關係。是心物合一化為靈感，內外兼修的創造力。

停泊的眼睛

三

————入圍嚴選————

解讀楚淨的截句〈河〉

楊子澗

【截句原作】

〈河〉　作者：楚淨

一條思念的臍帶　　緊緊
繫著大地，以母親呼喚的
濤聲，從高山到海洋
一路　　澎　　湃

【解讀】

　　四句之「截句」，一如唐代近體詩中「絕句」之脫胎於「律詩」，去鱗、去肉、去骨而留其精髓；故古人有此一說：寫作絕句難於律詩！因律詩雖有四聯八句，頷頸兩聯且需對仗；然絕句只有四句，景物不若律詩得以鋪排，故絕句若非文字精簡慧點而含意深遠，實是無法流傳久遠！故，寫出好的絕句，難於律詩！

　　以此標的而言，優美的「截句」，亦難於一般「落落長」的三、四十行的中型詩！

　　楚淨寫「河」，通篇卻無一個「河」字，高手下筆自是不同於凡俗；尤其以「略喻」起手，「一條思念的臍帶緊緊／繫著大地」，「臍帶」是屬人的「思念的」；轉以人性化承接首句和第二句的前半，再延伸至第二句後半段的：「以母親呼喚的／濤聲」，「濤聲」自然原是屬於大海；而河流之入於大海、大海由於「臍帶」之聯結，河與海關係的隱喻，自然不言而喻！

　　第三句後半：「從高山到海洋」由同一段前半的「濤聲」轉來，一氣呵成！楚淨這首詩二度把句子截斷成二行（第一行後半和第二行前半、第二行後半與第三行前半），這種斷句的方式，既可承上又可啟下，造成語意的多義性，和文字銜接綿密而一氣到底！

　　第四句總合上述三行詩，以「一路　澎　湃」結尾，此行詩中各空一字格，目的當然是文字的音樂性，楚淨企圖由外在文字的排列，而造成「澎、湃」兩字音樂性的回音；楚淨確實也達成他的目的！

　　河流流經高山、切割峽谷，流經丘陵與坦然的大地，最後流進大海的懷抱；楚淨以最精簡的文字寫河、寫海，串聯高山和大地，自是一首好詩！讀者如果把此詩衍生至人生哲思，吾亦不感意外！

奧秘的視覺
——自解截句〈別〉

朱介英

【截句原作】

〈別〉　作者：朱介英

關門哨音愈催愈緊
轉身揮手把笑靨拋出窗外
一窗接一窗人影急馳而逝
就這麼的　我送走了整個月台

【解讀】

伯格（John Berger）有一句發人深省的話：「平凡之至的主題往往具有非常特殊的代表性。」（Berger, John. 1998:47）讓我體認到我們週遭許多一再發生的平常現象，深藏著一大片意義之海。寫詩，愈平凡的主題愈具有深刻的代表性，在街上角落誰都可以隨處找到一個城市的面貌。伯格說的「奧秘」、班雅明說的「靈光」，羅蘭巴特說的「刺點」在詩作中震撼人心的共鳴點，不是人們所

未曾發現的，而是人們經常忽略的。

　　本篇截句「別」短短四行，詞語中的意像都在隨時隨地上演，用視覺蒙太奇來解讀，猶如破碎的影像：火車（捷運車廂）即將關門的催促聲、送行人與別離者之間的笑容、車窗一個接一個逐漸快閃而過，窗內的人影瞬間凍僵在印象裡，窗外的人站在月台上孤零零的寂寞襲上心頭，他送走的不是朋友，他送走的是一整個月台的離情依依。

　　截句尾句通常就像一枝帶著倒勾的刺，在結束句上猛然戳進腦門，撩動痛覺神經，也就這麼的讓人記憶深刻。

　　「就這麼的　我送走了整個月台」

　　原本是想形容當車廂隱入涵洞後，月台已空無一人，時近午夜，剩下送行的人等著被孤寂送行，當末班車開走，再也沒有旅人逗留之際，順著語詞的邏輯準備寫著：我把整個月台的人全部送走，反覆推敲之際：「就這麼的　我送走了整個月台……」寫到這兒，突然胸際一驚，這不就是一個被忽略的意象嗎？一種超現實感騰躍出來。整個截句就在未完成的切口上完成了。

參考資料：

Berger John, 1998，《影像的閱讀》（About Looking），中譯：劉惠媛，遠流出版事業有限公司，台北市。

幻所幻的詮釋
──葉莎〈邊境即中央〉「誤讀」

余境熹

【截句原作】

　　　〈邊境即中央〉　　作者：葉莎

　　　被丟棄到邊境的思想
　　　成為荒涼的中央
　　　孤寂和孤寂互相摩擦
　　　野草和蟲子將瞳孔佔滿

【解讀】

　　葉莎（劉文媛，1959- ）〈邊境即中央〉為《幻所幻截句》第一篇，秀實（梁新榮，1954- ）詮釋謂：「邊緣思想如果在現實中無人和應，即會逐漸收攝，最終成為個人的中心思想……如此那人只剩下孤寂，而這種孤寂極其嚴重，他眼中只看到代表執著的野草和附在其中的蟲豸。」寫詩如是，自珍佳作、自重詩觀，可惜曲高和寡，乏人細賞，難免感到「荒涼」；放眼望去，唯有「野草和

蟲子」，不見前來消解「孤寂」的讀者朋友，歌者苦，知音稀。

　　嘗試幻化更多詮解，其一為：初學禪定之時，人會嘗試將「思想」驅至「邊境」，騰空「中央」，使之「荒涼」，以利悟覺甦醒；可是太過執著於空、執著於「丟棄」一個個念頭，這一個個念頭反而更易在腦海中翻滾不息，如「野草和蟲子將瞳孔佔滿」，故禪定雖久，終究只是任「孤寂和孤寂互相摩擦」，暫無法有更大領悟。

　　幻化二：「五四運動」一百週年，當初文學作家致力指出社會問題所在，但到中國確藉「賽先生」的方法提振國力時，人文學科似乎就漸漸「被丟棄到邊境」，失去了引領時代的地位。不過，群眾雖遠離文學家的「思想」，使後者變得「荒涼」，少數文藝熱愛者還是將文學置於生命的「中央」，像信仰般護持，不離不棄。〈邊境即中央〉的主角便耽讀魯迅（周樟壽，1881-1936），「孤寂和孤寂互相摩擦」或是指一頁頁翻開魯迅小說〈孤獨者〉，讓書頁「摩擦」；也可指細讀〈秋夜〉名句：「我家門前有兩棵樹，一棵是棗樹，另一棵也是棗樹。」讓重複的棗樹共構出「孤寂和孤寂」的「摩擦」來。

　　這位主角仔細讀書，讓魯迅作品「將瞳孔佔滿」——「野草」不必細剖，自是指散文詩集《野草》；「蟲子」則指收於《華蓋集》的〈夏三蟲〉，該篇以一聲不響的

「蚤」、哼哼地發大議論的「蚊」，以及嗡嗡地鬧大半天的「蠅」，諷刺一些人比三蟲更不如。魯迅欲藉文學治癒靈魂，他的書現在被新新青年放逐「邊境」了，但葉莎筆下的主角仍把它們置於「中央」，從中吸取養份，讀書以洞察世情人心──「五四」文學家的一些「思想」，仍對小部分人舉足輕重。

　　葉莎的其他截句也令人想起魯迅，如〈屋外・屋內〉和〈寂靜・喧嘩〉能扣合「鐵屋論」，〈白日・暗影〉對應〈影的告別〉，整本《幻所幻截句》正反相契的各篇篇名也與〈《野草》題辭〉呼應：「當我沉默著的時候，我覺得充實；我將開口，同時感到空虛……我對於這死亡有大歡喜，因為我藉此知道它曾經存活。」將「沉默即充實」、「開口即空虛」、「死亡即歡喜」或「死亡即存活」契進葉莎詩集目錄裡，相信連編輯也不會覺得突兀。

石頭與水，一體兩面
——讀蘇家立截句詩〈輕蔑〉

鄭榆

【截句原作】

〈輕蔑〉　作者：蘇家立

石頭不論大小丟到水裡都有水花
看不見小水花的人
也看不見一根袖珍的暖陽
在水面刺繡簡單的春

【解讀】

　　蘇家立的〈輕蔑〉，題目「輕蔑」一詞讓人產生許多疑問，輕蔑的對象是誰？而感到輕蔑的人又是誰？輕蔑一詞，有將一方看作較優越，而輕蔑對象較低劣的意謂。輕蔑可以是有實體與形態的文字、行動，也可以是無形、藏於心的感受或情緒。而輕蔑這個行為多出現在人身上，人們常常互相比較社會地位高低，薪水多寡，學歷高低，技能優劣，品行善惡等。

　　首句，石頭的形狀有大有小，就如輕蔑本身也沒有固定形狀。而石頭的作用，端看使用者的目的，有人將之作為獨一無二的藝術品，擺放在家中，增添氣氛；有人把它放在鐵軌旁，固定鐵軌，分散震動；而有人，將之作為武器，好比輕蔑有著否定的意義，否定與看不起所帶來的傷害沒有限制。

　　而相對於石頭的堅硬，水則是柔軟無比，或大或小的石頭投入水中，激起漣漪，而後沉沒。於水而言，不論是甚麼樣的石頭投入，都能包容其尖銳的稜角或是扎實的重擊。

　　「看不見」可以解讀為眼睛因某些因素接收不到資訊，或是該事物不存在與視而不見等種種解讀。「在水面刺繡簡單的春」刺繡，從表面上，是看不出其中實際花費的心力有多少，對旁人而言，只需一小短時間就可以欣賞完成品，相比製作心力與時間的長短，是輕鬆而簡單的。刺繡需要相當細膩的心與時間的投入，加上耐心與愛，才能成就一個作品。「春」接上冬天的沉寂，春喚醒世界，不論何事何物，高低貴賤，皆能受到春意。「暖陽」並非夏天的艷陽，春日的暖陽給人不強烈，和煦，舒適的感受。「暖陽」是「春」的一部分，並把「春」細膩的刺繡於水。

　　而投石者看不見那份包容，輕蔑侷限了看待事物的視

角，與接受不同聲音的機會。而水則不論石頭多沉重，多
銳利，都僅以水花，溫和的回應，而後包容石頭於其中。

　　輕蔑與包容，一體兩面，相互對立，但不衝突。石頭
之於水，猶輕蔑之於包容。

給我一根香菸好嗎？
——讀Antonio Antonio〈停格〉

朱庭儀

【截句原作】

〈停格〉　作者：Antonio Antonio

外面在下雨
給我一根香菸好嗎
那與靈魂無關的流動
下了一整晚

【解讀】

　　這是一首讀完之後感觸極深的短詩。詩篇的長度剛好，剛好的容納了外在的雨天還有一整晚無形的感知流動，從開頭首句道出了那天的天氣。

　　說起雨天，每個人都有不同的感覺和想法，但雨天最常給人的感受是「無力感」。如果今天的雨是狂風暴雨，人們手足無措又徬徨未知，惡劣的天氣造就惡劣的心情，今日的行程因為不知何時中斷的雨而必須作廢；如果今天

的雨是微微細雨、天空的一角還散著太陽溫暖的光波，人
們踏著輕快的步伐在雨中奔走甚至漫步，頗有浪漫氣息，
就好比金凱利演的那部老電影《萬花嬉春》在雨中唱歌
（singin' in the rain）那般愉快愜意。

　　回到詩篇本身，「外面在下雨，給我一根香菸好嗎」
這句看起來毫無關聯的句子既可能是「對話」也可能是
「自言自語」。下雨和香菸的關係不難懂得，對於詩人來
說，不論是哪種類型的雨天、不論時節或時間點，卜雨而
引發的惆悵是顯而易見的，我們可以大膽的解讀為：「下
雨了，所以我想抽菸」，換作是晴天時抽菸，舉動所造就
的張力便銳減許多。我曾聽有人說過：「我抽的不是菸，
而是一種氛圍、一種寂寞」也許下雨天給詩人的感受亦是
如此：潮濕、沉悶、無聊、壓抑且不安，想藉著抽菸來緩
解感受順便麻醉自我。

　　「那與靈魂無關的流動，下了一整晚」這句十分精
彩。什麼事可以堪比「與靈魂流動」呢？什麼樣的行為
可以堪比「與靈魂流動」呢？詩人說「給我一根香菸好
嗎」一根香菸無法陪著詩人消愁一整晚，但那對詩人來
說是最靠近靈魂的一種活動。詩人抽的不是香菸、不是
浪漫的雨天、不是唯美的詩篇，而是與靈魂深層交流的
行為。

　　抽菸的人不是在抽菸，他們同時也在思考，那時的

煙霧裊裊彷彿是從肉體分割的靈魂一般出竅，菸沒有抽整晚，但那場揚起惆悵的雨倒是下了一夜。

歷史課本到底是誰的作文？
——讀無花器物截句詩〈立可白〉

漫漁

【截句原作】

〈立可白〉　作者：無花

歷史的今天
每一個我畫線的重點
他們同樣以你
畫線

【解讀】

適逢「六四」30年週年，當時少年的我們，回顧史實，心中各有感慨，有人再度走上街頭，也有人以文抒懷，無論以何種方式來紀念，我們的目標一致：不要忘記人類史上這樣打擊民主的事件，也不要忘記自由經常是用流血換來的。

「歷史」一詞，在現代漢語的定義，指「對人類社會過去的事件和行動有系統的記錄、詮釋和研究」。在我看

來，這首截句要問的是，到底是誰在「記錄」和「詮釋」某些歷史事件？

立可白是平時書寫改錯的重要文具，它的作用在於覆蓋原本的字跡，所有曾經「黑」筆走過的，立即洗「白」，重新書寫。用立可白來諷刺歷史事件的被遮掩和被竄改，再巧妙不過了。

在無花的這首截句裡，有幾個人稱，「我」除了作者本身，也代表了所有忠於重大歷史事件，希望做到「以對過去的理解作為未來行事的參考依據」的群眾。立可白在詩中做為「你」，在立場上，和作者的「我」形成了一種對立——這邊在拼命畫線，想要牢固而清晰地記得，那邊則企圖掩飾和塗改。截句中的第三人稱的「他們」，則代表了掌權操控的執政者。立可白不過是一個工具，幕後的「Big Brother（註）」才是編寫歷史課本「作文」的黑手，身為市井小民的我們，只能抱著擺明被當傻子耍的深深挫折感活下去。

說穿了，無論是「大哥」還是「大哥大」，都有不堪回首的爛事，這時也只有靠「一白遮三醜」了。

註：Big Brother一詞來自於George Orwell的著作《1984》中的句子「Big Brother is watching you」，是一種政治諷喻，指的是極權的個體或機構，完全地操控人民的生活。

在秒速5釐米的時間裡我們綻放
——讀白靈截句詩〈櫻花是一朵朵散掉的鐘聲〉

朱名慧

【截句原作】

〈櫻花是一朵朵散掉的鐘聲〉　作者：白靈
——「誰能製作一口鐘，敲回已逝的時光？」
（狄更斯）

花大多枯萎在樹上
櫻較乾脆，你聽它一朵
一朵跳下，重擊地球臉皮

每一朵都是緩慢枯萎的鐘聲

【解讀】

這首截句一開頭引用狄更斯的名句「誰能製作一口鐘，敲回已逝的時光？」已經點出主旨「時間」了。看似易懂實則哲思寓意深刻。

整首詩以櫻花、鐘聲交錯貫穿。首先，看到櫻花不免

聯想到日本，再看到這句／你聽它一朵一朵跳下／讓人不禁將櫻花與日本武士瀟灑赴死的精神做連結，甚至延伸至帝國主義時代，如花似錦年華的青少年所組成的神風特攻隊在戰爭中喪命，令人唏噓。「鐘聲」除了時間的意象以外，也給人戰爭、死亡「喪鐘」的聯想。詩人以鐘聲之實襯出櫻花落下的無聲，以櫻花凋零之美麗輕盈，帶出戰爭的殘酷、死亡的沉重，對比張力餘韻無窮。

回頭看第一句／花大多枯萎在樹上／，相反地，／櫻較乾脆／你聽它一朵一朵跳下／重擊地球臉皮／，如同歷史上那些為了正義、自由奮不顧身揭竿起義反抗暴政的英雄，他們的事蹟能夠流傳不朽，也正因為流下如花瓣般殷紅的鮮血。「時間」的意義之於生命，「生命」的意義之於時間，在櫻花落下翩翩飛舞的時候，這樣的不可承受之「輕」，重重如鐘聲，敲擊詩人的心。

末句／每一朵都是緩慢枯萎的鐘聲／。櫻花以最短的花期綻放，有些櫻花樹離地高，花瓣輕盈，凋落的時間較其他花朵慢速，形成「櫻吹雪」的絢爛美景。如同緩慢的鐘聲，在敲擊的同時，這一個當下已經逝去不再復返，但餘音，則如櫻花，以秒速五釐米的速度，緩緩往身後散去。

我們每一個人走在生命的有限時間裡。未來，花期未到或含苞待放；現在，正在盛放也正在消逝中。過去，

如前一秒剛剛墜落，逝去的時間也像一朵朵落地枯萎的櫻
花，堆起我們的生命，提醒我們珍惜時間。

神與凡人的差異
——讀柯嘉智截句〈資訊不對稱〉

林宇軒

【截句原作】

　　〈資訊不對稱〉　作者：柯嘉智

　　畢竟只有祢知道
　　硬幣的哪一面朝上
　　以及玫瑰的花瓣
　　數到最後的答案

【解讀】

　　人們無法做決定時，最常做的事就是求助其他的人事物，可能是為了減低自己的無助，也可能是在做了錯誤的決定時，有一個得以辯駁的理由。在這些推測之下，為了讓自己所無法解出的「答案」更加可信，非實體的「神」因此而順理成章地成為人們相信的對象。詩人首先在詩題丟出「資訊不對稱」的標籤，在第一句馬上解釋「畢竟只有祢知道」的那些我們無法得知的事情，整體連貫而一氣

呵成。

　　詩中舉列了兩種探求「資訊」普遍的表現方式：擲硬幣以及數花瓣。在社會化的過程裡，我們在日常生活中會將「擲硬幣」作為決定無法決定之事的解決方案。硬幣作為一種交易的工具，傳遞給人的觀感是「公平」而「客觀」，也因此和傳統信仰中的「擲筊」或是遊戲中的「擲骰子」相比，多了幾分真實而自以為的理性。若將每個詞語視為一組由「符徵」（signifier）和「符旨」（signified）所組成的符號，那麼在這首截句的情境裡，「硬幣」和「玫瑰」的符旨為何呢？

　　從文化的層面說起，在許多故事中會出現主角一個人數著花瓣說「他愛我、他不愛我」的情節，相較於硬幣嚴肅而具有定性的性質，數玫瑰花瓣則多了一份人與人之間的情感；從功能和組成成分來看，玫瑰花的花語是「熱戀」，向愛人傳達愛意的「活的植物」和作為交易工具的「死的金屬」也就有了感性與理性的分別。在這個科技發達與文化交流甚密的世界，兩者的典故雖已不可考，但大部分的人都能理解這些含義。詩人選擇了兩種性質相異，目的卻一致的行為，強化了詩中「祂」的神聖、「我們」的渺小。

　　當詩中所描寫的這兩種行為發生時，就代表了我們遇到了「所無法掌握的事情」。詩題「資訊不對稱」

巧妙地點出了「神」與「凡人」的權力差異：神可以知曉、傳達甚至改變人的命運，但我們這些凡人只能藉由「擲硬幣」、「數花瓣」等消極的方式窺看答案，且這個「答案」還不一定是正確的。對於詩人在截句中寫到的「祢」，所指涉的究竟是宗教信仰裡掌握一切的「神」，抑或是在資訊背後操控真實與虛假的「媒體」呢？我們真的如詩中所述，改變不了什麼嗎？這些更深入的問題，就留待讀者各自解讀與省思了。

我有明珠一枚，能照三千世界
──讀寧靜海〈禪〉

魯爾德

【截句原作】

　　〈禪〉　作者：寧靜海

　　鐘聲追著鐘聲，驚醒日光
　　一起撞進山的肚臍裡
　　林中擊鼓，山扭了一下
　　晚禱的鳥笑了

【解讀】

　　以前常常有人說，判斷作者運用文字的能力，就看他的動詞是否用得好。這首作品動詞的運用不只用得好，也用得巧和趣味，讓整首詩的意境與畫面變得生動而活潑。

　　先從「追」字解讀，用無形的聲音追著無形，接著驚醒日光，這是聽覺轉換成視覺的摹寫，這裡有個細節要注意，就是事件發生的因果關係，順著脈絡來看，是鐘聲起於落日之前並且已經敲了很多次，所以鐘聲才能敲醒日

光。這裡的敲醒反而呈現出癡愚者頓悟的意味。

　　順著讀到第二句，用了「一起」的字眼，首先從腦海中想像落日的畫面，也就是在「撞進」山的肚臍這個現象之中，鐘聲與日光並沒有先後順序，過去的發生已經滅去，當下發生的才是如今存在的事實，隱含透露出因果輪迴的特性。

　　第三句「擊」與「扭」的運用，除了呈現生動活潑的趣味，更是將畫面表現的傳神，並也能看出作者敏銳的觀察力。「擊鼓」傳出了聲波，聲波如同水面漣漪樣擴散，在這擴散的狀態之下，樹葉似被風或是聲音驚醒，跟著搖動。從遠方來看，彷彿山整個扭動了起來，作者的巧思與運用在這可見功力，作者不只是近處描繪，並運用遠眺視角承接，上段的林中擊鼓畫面，使畫面有遠近同時呈現的效果，在時間上又能不顯得悖逆，這是心中同時呈現畫面的意境，也是佛學蘊含跳脫對立，體會不二的現象。

　　末句用晚禱的鳥笑了，除了表達鳥鳴（以視覺摹寫同時呈現聲音與畫面），並也符合禪宗佛祖與大迦葉尊者的「拈花微笑」的禪宗故事，以此扣住詩題核心。整首詩以禪宗角度詮釋，是指修行者於參禪、修行中，跳脫固有思維，念念了知分明，明心見性的頓悟境界。

每份愛中都有一座島嶼，讓彼此相遇
——讀朱名慧〈眺〉

魯爾德

【截句原作】

〈眺〉　作者：朱名慧

機翼下的那一小點
裡的，那一小點裡

有一個你。汪洋中
浮起一座島嶼

【解讀】

　　這首詩從愛情的面向來看，讓我想到曾有人說過，愛情並不一定要有結果，或是關係結束，也不代表彼此的緣結束。緣分有深有淺，有遠有近，但無論時空如何轉換，只要心中有所念，必然能夠在某個地方相遇。相遇並非一定是兩眼相望才是相遇，而是內心能夠記住過往的美好，

也是一種相遇。當內心的愛被浪漫的火點燃，觸動靈魂深處追求愛的本能，就能透過這種感動慢慢靠近真愛、自由以及真我。

《大話西遊》至尊寶在戴上緊箍圈的時候，曾說過：「曾經有份真摯的愛情放在我的面前，……如果非要為這份愛情加上期限，我希望是一萬年。」這段話將一個人對於愛情的思念與悸動表達的非常深入，尤其是到了結尾，浪人武士（至尊寶的轉世）與紫霞的對話，在大聖的協助之下，破開心防將所有顧慮放下，決定在一起。或許有人認為這是至尊寶與紫霞的圓滿，但站在大聖的立場而言，大聖已非至尊寶了，所以這個舉動無非是將摯愛放下，因為心中有了念想讓真愛萌生，圓滿了紫霞，也圓滿了大聖的愛，實現了真愛的存在。

為什麼大聖能做到這樣？無非就是大聖擁有無私奉獻的美好愛情回憶，所以大聖能成就他人也成就了自己，這首詩的意境與其相似，而且作者將世界變成一點，這點是須彌納子；是永恆唯一；是三千世界，在沒有點出內心的感受，而用在飛機看到的景色表達內心的悸動還有一座夢想國度。

我們從「眺」詩題來看，這字蘊含著期待還有第三者立場（上帝視角）詮釋，先從期待說明，為什麼作者內心蘊含著期待的心情？又期待著甚麼呢？也許是期待下次

的碰面；也許是期待對方的到來，但無論哪種都能看得出作者的期盼心情。既然是期盼的心情，為什麼還要用眺表達，這是因為其中蘊含著作者的理性，這份理性便從「第三者」的層面詮釋，於是便以坐在飛機望著島嶼表達。整首詩最重要的詩眼是「眺」，但破題必須從最後一句解讀，才能感受到作者內心蘊含著感性的理性，這種理性是從愛情中昇華出來，是以無私、無我的奉獻，時時站在對方立場，才能有的體悟。這裡「浮起」用的非常好，因為這個浮起，不只是說島嶼也是說作者的內心，開始浮起了思念，因為在這汪洋中，有了你。「汪洋中」透露出在這人海之中遇見對方的感動，以及彼此都是生命汪洋的小船的感慨，因為「有一個你」所以這一次都變成了命運中的緣分，也是能在這中找到靈魂伴侶的奇蹟而感動。結合《大話西遊》至尊寶分成神性與人性的立場來看，不也是感性與理性的昇華。

　　買了朵花，或開了間花店，都是美麗的見證。

──寫手邀稿──

詩意萌發的自在性
──讀雲朵截句〈寫詩〉

蔡知臻

【截句原作】

〈寫詩〉　作者：雲朵

我的腦袋裡關著鬼怪神祇
每天放一隻出來走走
傍晚了，就釘在牆上
成了一首詩。

──（錄自《雲朵截句》，頁110）

【解讀】

　　許多的詩人，在創作的過程中，透過自我的人生感悟及社會歷練，於作品中呈顯多元的奇思妙想與作者的哲理反思。雲朵自言：「詩，給人越多的解讀空間越好，每個人閱讀一首詩時，都可以從個別的角度出發，無論是歧義性、多元性或複雜性，都足以更強烈地造就一首詩的豐

富內涵。」蕓朵的截句，或一二句、或三四句，分為兩部分，一為將舊詩截句一至四句另外成詩，一為自立定題，全新創作的小詩，〈寫詩〉一詩即為後者。

　　蕓朵的截句作品上百首，為何挑選這首詩作為解讀的對象？筆者認為這首詩呈現出一位詩人在創作當下最原始的意圖與感受，詩人訴說著自己的腦中住著「鬼怪神祇」，用鬼怪與神當作意象，代表著詩人腦中的奇思幻想，「鬼怪」也有自嘲與諷刺意味，好似自己在創作的動機、概念上是「不正」的，說明詩的創作能更跳脫思想的框架，如同詩人自言一般，將詩「留白」，或更具解讀空間，讓讀者盡情詮釋，充分補齊這首詩的多角面貌。「每天放一隻出來走走」，是詩人的寫詩日常，每天一個想法，或是一天的經歷與發生的事情，無論是好是壞，在日落時分，「傍晚了，就釘在牆上／成了一首詩。」當鬼怪或神一般的奇思妙想確立了存在的位置與方向，即需讓其定位，而用詩的技巧、意象、修辭等，完成一首詩作。從〈寫詩〉一詩可發現，蕓朵寫詩時是隨意性、自在性的，希望在短短的四句中，呈顯一些趣味性與遊戲性，也能凸顯自我情思，更不會拋下詩該有的元素，例如意象或比喻等。或許我們無法掌控鬼神的隨意到來，但能操縱，將其樣態化作一首精美、奇巧的詩。

我們都快樂了。
——Cindy Liang截句〈毒〉

謝予騰

【截句原作】

〈毒〉　作者：Cindy Liang

現在的你快樂多了
在不愛我後
我發現更有趣的自己
是你沒有愛過的樣子

【解讀】

終於，我們都快樂了。

已經換了主持人的《博恩夜夜秀》第二季中的固定節目〈酸酸知道〉中，某個段子曾提到：「有些事我們很想知道，像是前任過得好不好」、「有些事我們不想知道，像是前任過得好不好」

那些愛過的往事，無論美好與不美好，都會在許多不可名狀的時刻，以最真實的疼痛對離散、分別後的戀人們

發動襲擊；到底當時是怎麼回事？為什麼事情變成這個樣子？這些無解而可能共同埋在彼此心中的問題，也往往是困擾這些失去了愛的人，最深層的夢魘，同時也是中得最深的「毒」。

　　但後來幾度的回想，原來的愛人，或許已與過去不同了，但失去愛的人為了緊抓自己的愛情，將原來的愛人存在的某個瞬間封印了起來，並可能內化為自身靈魂的部分，這也就讓「原來的愛人」與現實正活著、改變著的一切脫節，成為了一個符號性的存在──失去愛的人以自身的靈魂繼續無法自拔地灌予心中「原來的愛人」，而這個形象，其實在幾經轉變後，越來越像是失去了愛的人自己，也就是說，「失去愛的人」努力了許久，可能才發現，自己真正所愛的，是被自己美化與形塑的自己。

　　本詩中對於「你」和「我」的對談，看似是單一而片面的，但其實這首短短的詩中，伏筆了「你即是我」與「我亦為你」的脈絡──真正能明瞭其中的一些事，或許都是很多年之後了──像陳奕迅唱的那首〈好久不見〉中的歌詞一樣，頓悟了這一切後，「失去了愛的人」才發現，自己所愛的是自己，而現實中沒有被封印的原來愛的人，也成為了全新的樣子。

　　原來是這樣。終於，我們都快樂了。

來自深淵
──讀陳牧宏截句〈井底〉

謝予騰

【截句原作】

〈井底〉　陳牧宏

天空就眼瞳這麼大
容不下一粒沙

井底就菊花這麼小
住不了另一隻樹蛙

【解讀】

似乎不能不討論到深淵的問題。

尼采在《善惡的彼岸》中寫到：「當你遠遠凝視深
淵時，深淵也在凝視你。」這句話其實可以反過來看，
當你仰望天空時，整座宇宙也正俯視著你；單從這句話
出發，可以部分討論人與外在世界的對立問題，以及本
為問題等等，但無論如何，都無法否認這個「凝視」、

「仰望」、「俯視」這些動作，都是由人的眼睛出發所做出來的行為。

　　陳牧宏用了四句話，點出了一個問題，如果人的「眼」是「井」，那在井底的，就是處於我們內心的靈魂。我們將這首詩簡單的拆開來討論，以前兩句來看，天空被瞳孔看盡了，瞳孔理論當如天空那麼大，這可以說是一個物理上的錯覺，但也可以說是人的胸襟、氣度，而看過那麼高那麼遠的人，容不下一粒沙的原因，如果說是人的極弱點也可以，但更適合的，應該是人的弱點、不勘之處是無論如何都存在的。就這一段來說，所謂的「深淵」並不是天空也不是眼睛，而是那一粒沙。

　　至於第二段，當然從用詞上，也可以將這首詩往同志、性別議題的方向去討論，但將這個井底當成愛情也一樣可以符合；井底就這麼小，樹蛙只能有一隻，這第一層當然是說到現代一對一的愛情觀中，不容存在第三者個問題，但如果再深一點挖掘，又可以討論成井底的蛙是不是不想讓另一隻蛙進入，但他的井就這麼大，容不下他希望的對象，這樣討論，本詩就成為了觀於土地與社會問題的社會詩了；又再一個角度，「另一隻樹蛙」可以是回頭告訴原來在井底的樹蛙：「你這裡太小，容不下我。」而選擇離開，那如此又變成了一首微帶著怒意的詩作——而此中涉及的含意，每一個都可以是深淵。

　　不得不說，這是首有著多元解釋空間的作品，就小詩來說，確實創造了許多不同的面向，它們各有面貌，也各自獨立、混合為各個不同的深淵，連詩的本身也是一個「深淵」的概念，也就是說，當你看著〈井底〉一詩時，所有的深淵連同詩作和詩人灌注的意志，也都正一起透過你的眼，同時凝視著你。

無住生心
——讀蕭蕭〈曾經落定〉

涂沛宗

【截句原作】

〈曾經落定〉　作者：蕭蕭

其實我不太關心塵灰
尤其是那些
即將飛揚的那些
即將在空之中翻轉、聚合、碎裂

【解讀】

　　全詩以「其實」破題，頗值得玩味。若嘗試刪去這兩字，僅留下「我不太關心塵灰」，並不會造成閱讀障礙或訛誤，不過，對於心境的理解卻會產生不小落差。「其實」一詞意指「真實的情況」，當我們在語句之前冠上「其實」，便意謂著有另一種相對於真實情況的普遍情況正在流行、張揚著，並且，很大的可能性是，普遍的情況已經遮掩或誤導了真實的情況。職是，「其實」兩字短則

短矣，卻已為全詩錨定了基調：一般人大多關心塵灰，而敘述者卻不以為然。

詩作第二行以「尤其是」開頭，按照正常的語法邏輯，既承接了首句的語意，在程度上營造層遞效果，更應該逆返回去解釋「塵灰」的內涵，讓喻依明朗化。然而，本詩非但沒有對「塵灰」加以解釋，僅用「那些」一詞簡略帶過，甚至，在第三句的句尾還重複出現。在篇幅玲瓏、字句儉吝的天地裡，複沓使用的詞彙必然蘊藏著作者的用心良苦，因此本詩中原該不明所以的「那些」，反倒更接近一種諱莫如深。

所深者何？所諱又為何？筆者以為可從兩方面來探討：其一，由於「不太關心」而連帶流露出淡然處之的心態，根本不必對「那些」加以限定或廓清；其二，「那些」作為不定代名詞，可指涉的對象大幅擴增了，既能代入特定的人事物，又能毫無窒礙地泛指世間種種。在此基礎上，我們能進一步理解到「塵灰」其實即是「塵俗」，只是在曠達之人的眼裡，萬千俗務皆如塵埃，實在不需罣礙。

複沓使用的詞彙，尚有第三、四句句首的「即將」，作者透過類疊手法，讓原本就短暫的時間感愈顯毫無間隙，進而促使接續在後的「飛揚」與「翻轉、聚合、碎裂」更加一氣呵成。有意思的是，前者展現高昂、旺盛、

勃發的氣象，後者則帶有細碎、過渡、衰敗的意謂，兩相參照，似是敘說事件變遷的過程，又彷彿顯影人生經歷的起伏。這時再回扣到詩題，便能明瞭「落定」也只是那過程和起伏的其中一環，而和「即將」同屬時間副詞的「曾經」，更明白揭櫫了世事的生滅流轉，都會一再地循環，過往發生的將來依舊會發生，眼下沒有什麼可被定義為唯一，於是也就沒有什麼是特別的。

　　無怪乎敘述者以「塵灰」陳述、以「那些」概括，並且說「其實我不太關心」了，其內在姿態絕非冷漠抑或高傲，而是一旦徹悟箇中道理後，心便能夠靜定、澄澈，超脫大驚小怪的情緒網羅，更不再因執著的妄念而感到焦慮、負擔、痛苦甚或恐懼，如此一來，我們也才能深刻明白全詩第四行所謂「空之中」而非「空中」的深邃力量。

　　本詩之造語及結構看似平淡質樸，卻飽藏匠心，在細微接榫處展現語言調度安置的老練功力，真流露出「質而實綺，癯而實腴」、「外枯而中膏，似澹而實美」之趣，同時又從罅隙中綻射出一道道奪目光芒，映現「應無所住，而生其心」之思。言淺旨深，既得風人深致，寥寥數語落定，又現釋家正等正覺。

花花世界，小小人生
——讀蔡仁偉〈世界〉

郭哲佑

【截句原作】

〈世界〉　作者：蔡仁偉

花店不開了
花繼續開

【解讀】

　　無論是否以「截句」名之，蔡仁偉絕對是現今台灣詩壇裡最會寫小詩的詩人之一。這首〈世界〉只有兩行，文辭簡單卻一針見血，又同時能夠對應著各種不同層面的問題，是一首富有深度的詩。

　　首先可以注意的是「開」的雙關，第一行的開，是指「開業」；第二行的開，則是指盛開。花店開門營業，這是人為的商業行為，但脫去商業行為，花本身有沒有自足的價值？反過來問的是，花的價值，如何可以用人的商業行為來判定？這樣的思索其實就象徵了「美」的有用無

用之爭，但此處不停留在功利性的討論，而是把目光放在「人」與「自然」的對立了。

於是這首詩又可以有另一個層次的探討：自然的意義，是否只能等待人為的介入、命名？如果花店不開了，難道我們就看不見花開了嗎？花店在此也只是個象徵，更進一步的追問是，如果我們不以人類的知識架構來認識萬物，萬物如何呈現它自身？事實上，既然「花繼續開」，或許我們應該意識到更多在語詞以外的逃逸可能，這個世界不只是人的世界，我們去追索，而不是去創造，我們早被包圍，語言從來不是無中生有。

這或許是這首詩名為〈世界〉的原因。「花店」與「花」，勝利的總是後者，世界的運行從來不為了單一的誰。只是也許，我們也都曾被世界感動過，無論是買了朵花，或開了間花店，都是美麗的見證。

輯

湧動的舌尖

四

——詩社同仁——

以月為興的喉頭燥熱
──讀楊宗翰〈月興〉

蕭 蕭

【截句原作】

〈月興〉　作者：楊宗翰

寒僧推敲已久的
那滴淚
仍卡在
候鳥燥熱底喉頭

──（截自〈月興〉第二段）
──（錄自「台灣詩學同仁截句詩展」）

【解讀】

　　在「台灣詩學同仁截句詩展」中，楊宗翰提供的是兩首截自舊作的作品，一為〈欲言〉，一為〈月興〉，彷彿可以用這兩首小詩作為「截句」的宣言──至少是楊宗翰對「截句」的認識，──至少是後設的、我以為楊宗翰對

「截句」的認識。

截句是有題目的四行（以內）小詩，有如曾經流行的三行的日本俳句（使用漢字時稱為「漢俳」，寫於台灣也可以稱為「台俳」），她們都難以敘事，無法鋪陳，既不能探首過去，也不好伸頭望向未來，最好是「當下」的「即物」之興，所以楊宗翰提供的是由月起興的〈月興〉。

截句，只許四行（以內），詩人正要展開話頭，就已到了盡頭，欲言又止，應是許多人初寫截句時猛嚥口水的經驗，這種猛嚥口水的寫詩焦慮，楊宗翰用〈欲言〉表達：「架上曬滿胸衣與舌頭／他們想找話說／／我羞得緊低著頭／渴卻說不出口」，十分傳神而精彩，這首詩前後兩節，都在傳達「欲言」的情境，第一節以胸衣的（實物的）女性意象、舌頭的（想像的）多言意象，盡在風中飛揚的晒衣場──外在的「物」的場景，表述「不在現場的她」「欲言」而未能的困境。第二節則以胸衣引起的男性意淫之興奮，內在的「我」的渴欲，點出「渴」之由來，對於想像中的她真有說不出口的、「欲言」而未能的窘境。這首作品截舊作以成新詩，當以獨立的截句來看待，精準的刻劃出男性的性之渴欲，即使只是面對胸衣，也如猛獸在柙，蹦躍欲出。

這樣的情境，正是截句書寫時詩人內在的衝勁，彷

彿要出口了卻又要及時煞住。這首詩的「渴」，到了第二首〈月興〉，轉化為「卡在候鳥燥熱底喉頭」的「那滴淚」。如果說〈月興〉是以「月」為興，不如說是以賈島（779～843）的「鳥宿池邊樹，僧敲月下門」（〈題李凝幽居〉）作為起興點，月、鳥、僧與推敲的意象，都有了落點。

　　寒僧之所以「寒」，或許因為燥熱之「熱」，有著互補文意的效果，而「淚」更是萬千情意結的最終凝鍊，此詩之所以成就的關鍵點。僧之淚，不應以「行」計，此處以「滴」數，相思、懷顧、不捨的情意演義，會在讀者心中自行鋪陳。作為截句，點出那滴「淚」，就已足夠了！

　　何以是「候鳥」？正是呼應起昇有時的「月」。明月昇落有時、盈虧有時，候鳥來去有時，以此相呼應。當然也點出寒僧的情意波動，偶爾興起漣漪，不是時時震撼。這也就是截句的「當下」、「即物」之興的表現，不用展延，讀者自有讀者展延的自由。當然，泛性論者願意將「候鳥」不放在「池邊樹」上解讀，也另有興意，令人會心一笑。

黑與乾淨的辯證
——讀詹澈〈媒〉

蕭蕭

【截句原作】

〈媒〉　作者：詹澈

那個無賴神氣的說我乾淨
我們在火爐裡轟然竊笑
已在地層裡烏黑了樹的年輪一萬年
再黑，也只想能溫軟寒冬的人間

——（錄自《魚跳：2018臉書截句選300首》，頁267）

【解讀】

這麼短的四行截句，一般都用來歌詠當前之物，發抒簡易之情，很少用來敘大事、評時務，但詹澈的〈媒〉卻兼備了二者，既諷諭時事而超越時事，也詠讚煤炭而超越煤炭，十分豐富。

2018年3月政府評估重啟深澳電廠的可能，當時的行

政院長賴清德曾有「乾淨的煤」不會產生重大污染的相關談話，所以詹澈才有「那個無賴」神氣的說我「乾淨」的嘲諷語。這是寫作背景的交代。當時我也曾寫了一首截句，題為〈所謂生態〉，第一節兩行：「我抖我的枯枝，同時，你綻你的艷紅／我綻我的艷紅，你凋你的敗葉」，第二節一行：「我是人我反核／你燒你乾淨的媒／她以愛發電」（《魚跳》P.256）。首節泛述大自然的生態：當你繁花盛開最豔時，可能正值他的枯枝敗葉期；次節則以台灣政治人物的三句用電名言，同時呈現，不加任何評論，呼應生態的自然現象：榮枯並存，正邪同在。換句話說，好笑的政治人物所說的「乾淨的煤」，曾引來兩首不擅長敘事與評論的「截句」，不約而同的「點化」書寫。

不過，詹澈的詩只用前兩句譏刺賴神，後面的兩行詩則跳離時事，專心歌詠「煤」；跳離乾淨與否的爭議，只讚嘆煤的「溫軟」。這讓人想起台灣詩壇的第一首新詩，追風（謝春木，1902-1967）的〈詩的模仿〉組詩，其第四首〈煤炭頌〉，以八行的長度，敘說煤炭深藏地底，受地熱煎熬數萬年，黝黑的身體產生了燃燒的熱能，自己卻也化為烏有的犧牲本質。

詹澈的四行截句，拓啟了小詩的許多功能。

截句，年紀小，引導他走向更寬廣的世界吧！

窺探夢底的囈語
──讀劉正偉〈月光〉

蕭 蕭

【截句原作】

　　〈月光〉　作者：劉正偉

　　月光，從窗口悄悄爬了進來
　　想探一探我夢底的囈語
　　今夜，只想靜靜守著這個祕密
　　我拉上窗簾，輕輕將她推了出去

　　　　　──（錄自劉正偉《新詩絕句100首》，頁48）

【解讀】

　　截句寫作推廣的歷史上，不能不提劉正偉（1967-），他早在2013年2月20〜21日就在《台灣時報・台灣文學副刊》發表〈論提倡「新詩絕句」〉，後來又轉載於《乾坤詩刊》66期、香港《文學評論》等雜誌，這期間，他以三年的時間創作絕句、教授絕句，終在2015年4月結集出版

《新詩絕句100首》，並以此文作為代序。

此文有幾項截句寫作的要點，歸納如下：

（1）「新詩絕句」的唯一規則，就是只寫四行，而沒有字數、形式與格律上的限制。（2）教學經驗：短詩與情詩最容易入手，也最能吸引同學們的興趣。然二、三行詩（或日本俳句）只能承載詩的意象一二，而新詩絕句可以涵容傳統起承轉合的創作技巧，或者更多的意象群組於其中。（3）「新詩絕句」能批判現實，諷諭生活，誌寫人生。（4）提倡新詩絕句的動機，即是希望普羅大眾都能讀或寫新詩，進而喜歡新詩。

推廣的動機如此單純，形式如此簡易，這種「利他」式的新詩教學主張，後來果然有了繁花碩果。

但是，詩終究是詩，詩是精緻的語言藝術，有著含蓄的意蘊氛圍，不是寫了四行就是截句、就是詩，所以，劉正偉選擇以自己的作品給出正確的示範，〈月光〉就是一首這樣的作品。

第一行「月光，從窗口悄悄爬了進來」，也不過是即目所見，何用故實！截句、俳句這類小詩，最擅長以眼前物事起興，篇幅小，焦點集中，如方寸黃金般可貴，也如方寸黃金般可以有自己的延展性，延展為自己預想的藝術品。所以，第二行寫進了劉正偉對詩的認識，詩是「夢底的囈語」，而且是專屬於「我」的夢底的囈語。以這樣的

詩觀，回頭看劉正偉從《思憶症》、《夢花庄碑記》，一直到《詩路漫漫》、《貓貓雨──劉正偉詩選》的抒情作品，都可以驗證其實。

第一行「月光」是起，第二行「窺探夢底的囈語」是承，那第三行「今夜，只想靜靜守著這個祕密」，就是轉，就是悖反，就是逃離，詩人寫詩欲迎還拒，欲言又止，從來不會開門見山，一瀉千里。詩雖是「我」的「夢底的囈語」，但詩人從來不是「剖腹來相見」的好漢，所以詩人會拉上窗簾、會九彎十八拐，會像葉莎的〈致讀者〉，「月光下」仔細將一座海的滋味藏好，「只讓你讀殼」（見葉莎《葉莎截句》P.29）。讀者卻要能從讀殼的過程中，品嘗「一座海的滋味」。

詩就是詩，她可以叫絕句、截句、俳句、小詩，她也可能叫詞、曲、小令、sonnet，重要的是，抓住海的滋味了嗎？藏好海的滋味了嗎？寫出夢底的囈語了嗎？遮好夢底的囈語了嗎？

梅花和鹿是否同一國？
——讀秦林〈梅花鹿〉

蕭蕭

【截句原作】

〈梅花鹿〉　　作者：秦林

你的眼睛蕩漾錦繡河山
黑眼睛盡情傾訴風的奔馳
偉岸的身軀包含民族奮鬥史
我和籬笆細訴離別愁情

——〔錄自《新加坡詩刊》第4期，頁15，
秦林（梁啟堂，1944～）〕

【解讀】

　　單就獨立的這四行詩來看，題目是〈梅花鹿〉，我們會單純的認定這是一首歌詠梅花鹿的詩。所以，第一行就出現的「你」是梅花鹿——歌詠的對象。第四行才出現的「我」是詩人自己，「我」在籬笆外（柵欄外）細訴離別

愁情——可悲的是：「我」跟「籬笆」細訴離別愁情，不是「我」對你「梅花鹿」細訴離別愁情。

　　台灣梅花鹿，屬鹿科台灣特有亞種，草食性動物，早期台灣有許多地名與「鹿」有關，如鹿谷、鹿港，足見鹿與台灣產業歷史關係密切，鹿皮曾經是台灣外銷產品的大宗，可惜獵捕太甚，野生台灣梅花鹿可能1969年就在野外絕跡，目前墾丁國家公園野放的兩千隻是復育成功的鹿群。——這些是台灣梅花鹿的資訊，生活在新加坡的秦林，不一定熟悉。所以他所書寫的梅花鹿，焦點放在鹿背上的白色梅花斑，以此發興，將此「梅花」與海外華人心目中的中華民國國花繫連，所以詩中會出現「錦繡河山」、「黑眼睛」、「民族奮鬥史」，梅花鹿頓時成為家國象徵，而詩人自己終究在這樣的家國象徵中被隔絕、被孤立，只能與「籬笆」細訴離別愁情。

　　《新加坡詩刊》第4期刊布秦林詩稿兩大頁（P.14-15），其中有秦林截句十二首，但這首的大題目是〈詩三首——贈葉莎〉之第一首，這個「贈葉莎」的副題反而給了我們靈感，是不是這是一首截句寫作時風行的酬唱作品？果然，在翻尋《葉莎截句》（秀威，2017）時，我們就在P.31發現了葉莎的〈梅花鹿〉：

　　「將曠野奔跑成風聲／有人記得梅花和小路／詩記

得／牠疲倦的蹄子」

　　葉莎的〈梅花鹿〉是文學性的觸引，當大家想望著鹿奔馳的風聲和小路的美，詩人關心的是鹿疲累的腳蹄。

　　這首詩呈現《葉莎截句》的三個特色，一是以詩述說詩觀（詩記得：牠疲倦的蹄子，這是詩的人道關懷），二是嬉弄同音字（梅花鹿與梅花、小路），三是詩後的諧趣註語，此詩後附的註語是「梅花說：其實我和鹿一向不同國，但我也喜歡曠野、風聲和小路，生命不要要求太多，有一點點沾上邊，也可以假裝是同國。」這樣的詩後註語原是詩人葉莎的機智與理趣，但可能成為詩人秦林詩興的觸發點：梅花和鹿，同不同國？葉莎與秦林，同不同國？因而觸發了這首詩——秦林的深層的原鄉鄉愁。

　　「將曠野奔跑成風聲」激盪成「黑眼睛盡情傾訴風的奔馳」是這兩首詩相繫相聯的一個重要證據，這也是善於奔馳的梅花鹿特色。

　　秦林的〈梅花鹿〉是葉莎〈梅花鹿〉的贈答之作，同為「梅花・鹿」，卻跑出兩款不同路向的〈梅花鹿〉。短短四行的截句，似乎可以將詩的曠野奔跑成許多不同節奏、不同曲韻的風聲！

不忘不如忘了好
——讀蕭蕭的〈相忘〉

白靈

【截句原作】

〈相忘〉　作者：蕭蕭

雨落在江裡、湖裡

誰也記不得誰胖誰細

【解讀】

蕭蕭這首詩首見於2017年3月28日他個人的臉書，後收於《蕭蕭截句》頁79。詩題「相忘」二字出自著名成語「相濡以沫，不如相忘於江湖」，源自《莊子‧內篇》之〈大宗師〉：「泉涸，魚相與處於陸，相呴，慢慢呼氣之意以濕，相濡以沫，不如相忘於江湖。」如果直譯，是水澤已乾，魚依偎困於陸上，不得不相吐唾沫濕潤彼此賴以生存，但這些皆不如我們互不相識，各自暢游江上湖中，來得更為快意。簡略地說，若靠短暫吐沫互扶以苟延殘

喘，何如相忘於大自然來得愜意。

　　詩只有兩句，不用生物性「魚」，改用有諧音效果不具生命的「雨」，一樣落在江上湖上，卻非優游，而是化溶其中，當然雨落後誰會看清或記得雨之大小粗細？此二行與詩題〈相忘〉對應，以雨字當主角，更是凡物，有人存世上，不過一陣雨落，聲響大小，誰復在意或記得？說的正是人入江湖，其情緣聚散如雲聚雨散的短暫和必然，誰能分辨曾經存在過什麼樣的雨，落在什麼的江裡湖裡呢？二行說得瀟灑，卻充滿了調侃和幽默，背後又有無限的悲涼感。

　　一般指雨會用「大小細」，但不會用「胖」字，就是此一「胖」字，使整首詩趣味橫生。胖字通常指人，以此擬雨，間接以「雨」字矮化了輕視了人的位階，有俗凡百姓都是大雨小雨而已，何須大驚小怪，太在乎人生得失。

　　蕭蕭此詩直接跳過典故「相濡以沫」一節，直指「誰也記不得」或「相忘」之必然，乃至直指「忘」乃大自然必然現象。

　　《說文解字》對「忘」字之釋義：「不識也。從心從亡，亡亦聲」。「識」即今所謂知識或記憶。而「亡」有逃匿，棄其所居之意，「心」則有人能品物、記識事理的能力，而若皆將之不居於心，而逃逸其外即為「忘」。說的即是「相濡以沫」其實是一種執著，如雨落下前也曾雲

聚飄流天上一陣子，何曾分有彼此，因緣際會成為一陣雨
一絲雨一滴雨落江落湖，誰來分「誰胖誰細」？一朝在意
分類或區分你我，乃苦痛之肇端。

　　當然人不可能如此瀟灑，輕易即能放棄曾經的執著，
但若能用全新的視角，將不能繼續進展、曾經有過相濡以
沫的情愫，持留、重新整理或淡泊其新鮮美好，端看個人
選擇或修為，既然最終皆得「相忘」，何不反覆唸唸蕭蕭
這兩句詩，管他誰胖誰細，將之如雨般縱放入江上湖上，
乃至「相忘於江湖」，或不失為一種可以追尋的「斷捨
離」的境界。

說的與未說的
——讀Synya Thorn的〈你之於我〉

白靈

【截句原作】

〈你之於我〉　　作者：Synya Thorn

我在你的實驗室小心焊接我們的神經
火花淚灑戴著防護鏡的我

【解讀】

　　此二行截句在2017年1月14日於「facebook詩論壇」發表時，作者於文末載明截自1997年6月17日寫的〈你之於我〉一詩。上臉書查了一下，此原詩後來於2012年6月14日發表於「愛與希望詩社」fb網頁上，原詩二十行，是一首沒有結果、「淡入」後又「淡出」的情詩。

　　這兩行截句令人印象深刻的是使用了極多現代事物的詞彙，而原詩中亦然，除了第一行的「淡入」、第二十行的「淡出」外，比如中後段這十行：

在實驗室你製造我袖間的香水

我接過你手中的火苗點上酒精燈

天色漸暗光將我們圈入神殿

互相身歷其境對方的容顏

你從眼底深井把我拉昇上來

我在髮際水波和你靜靜浮沉

沒有紙的傳真機滴滴答答

這是沒資格談條件的季候

我在你的實驗室小心焊接我們的神經

火花淚灑戴著防護鏡的我

　　前六行有兩情相悅、夜臨時熱烈交流互動的曖昧感，末四行則有小心維護不易、難免受傷的意味。前八行出現了實驗室、酒精燈、傳真機等現代科學詞彙，嚴格說只有三個，末兩行就出現了實驗室、焊接、神經、防護鏡等四個，也是十行中乃至全詩二十行中最精彩、最可獨立成截句的兩行。

　　此兩行的截句是接著前面「在實驗室你製造我袖間的香水」一句而來，此處「我在你的實驗室小心焊接我們的神經」，似乎與之無關。因為所謂的「實驗室」或是虛指，理應是「情感實驗室」之意，如此「我袖間的香水」

可指身體因情萌所產生的分泌物。「小心焊接我們的神經」指彼此的連結、互動甚是不易，找到正確的連結點（可互通處）更是困難，因此我必須小心翼翼地尋求、接上、並維護，像焊接纖細的神經那樣地步步為營。而焊接是相當危險的工作，尤其焊接的不是鋼條或玩具，要焊接的是不可能焊接的神經，其繃緊全身的程度可知。

第二行「火花淚灑戴著防護鏡的我」，意指明知焊接（情感的連結）並不容易，害怕受傷，過程必有「火花」（接對了是好的碰撞、連接時總有阻力且易受傷），如淚噴灑，即使「戴著防護鏡」也可能冒汗、驚怕。

回頭看詩題〈你之於我〉，則實驗室是你的，「你製造我袖間的香水」（見原詩）吸引了我，經過充滿情欲曖昧的熱烈交流互動後，想「焊接」我們之間神經的是我，希望找到更多的連結點，何況「這是沒資格談條件的季候」（見原詩），可能時間、年紀、或婚況不對，但過程如焊接纖細神經的工作般不易，其結果已可預期了。

詩僅二行，濃縮保留了二十行原詩的精神，說的僅有未說的近十分之一，卻好像可能性更廣，想像空間更大，也可一反原詩之意，〈你之於我〉豈不能有好的結局？

截句真的是有趣的詩實驗啊！

故意要少掉什麼

──讀離畢華二行詩〈三千〉

白靈

【截句原作】

〈三千〉　作者：離畢華

三千院紫陽花
誦遍經卷六百部

【解讀】

離畢華從2018年底到2019年的春天寫了「百首俳句」，並準備命名為《春泥半分花半分》（離畢華俳句百首）出版。但其俳句皆為二行體，捨去早已成規、風行世界的日本俳句575十七音形式（漢譯常成三行），或1980年趙樸初所謂575漢俳，或1993年台灣陳黎《小宇宙》三行自由俳，倒有如2011年瓦歷斯‧諾幹二行體詩集《當世界留下二行詩》。因此離氏所寫明明亦是二行體，卻自稱「離畢華俳句百首」，不能不說頗具膽識，以半年時間即實踐百首，此「離氏俳句」之出現，或有所圖，值得深究。

放在這「俳句百首」的「第一句」其實無題，為方便讀者查詢，取首行二字暫名為〈三千〉，又因其形式在四行以下，符合截句範疇，故於此處姑且納在「截句解讀」名下來略作賞析：

三千院紫陽花
誦遍經卷六百部

三千院為日本京都市左京區大原的天台宗寺院名稱，供奉藥師如來。最早原為日本天台宗始祖最澄上人（767~822）所搭建的草庵，是承繼南北朝梁武帝時期佛教天台宗四祖智顗（538年～597年）的學說而來。智顗認為世上有三千種世間，且都出於心中一念，稱「一念三千」，即起心動念之際，三千諸法，無不具足，乃天台宗的觀心法門，三千院寺名顯與此有關。

此詩的第一行與第二行之間沒有必然的關係，但因「三千院」與佛法具有厚重淵源，使得七月盛開的「紫陽花」（即繡球花）也有了除了繁盛外深藏著什麼的意涵。於是「誦遍經卷六百部」好像也成了「紫陽花」所以能成為「紫陽花」的一種修行過程。「三千」與「六百」，「院」與「部」也似乎有了什麼聯繫，「誦遍」好像也有了「開遍」的意思。至於為什麼是「六百部」，而不是如

乾隆年間出版的《大藏經》（《龍藏》）收錄的經、律、論、雜著等共1669部、7168卷、五千六百多萬字那麼多，倒是有點像唐朝玄奘660~663年譯出著名的《大般若波羅蜜多經》共計十六會的六百卷，也許作者即取此為底，以「三千」與「六百」有相對之意吧？

「紫陽花」是大地各種元素經由花種籽所展現的色澤、乃至有「土地短暫的經卷」般值得細賞體會其乍開即謝的意涵，但又年年按時開，是大自然外在力量的因緣際會所得；「經卷六百部」的「經卷」是覺智者對天地宇宙世間諸苦的心領神悟，乃無上智慧的結晶，有如「精神的紫陽花」一般難能可貴，也時時有人要拿出來誦唸，是人心渴求安頓自身的內在力量。一展現為視覺，一表現為聽覺，兩者如若同時發生，一誦唸在寺院殿堂，一遍開在寺院周遭，此應彼和，是千年古寺三千院古樸中燦亮自身光芒的一種方式，又是極為莊嚴定靜的。

兩行沒有必然的句子，靠著讀者自己自由的聯想，使之產生或弱或強、或即又或離的連結，端在讀者個人修為或自我不斷填補的方式。這似乎是「離氏俳句」的一種策略，其中隱藏著「故意要少掉什麼」的形式和技法。

這或與他喜歡的日本「侘寂」（侘，音剎）美學有關，此「侘寂」二字有嚮往質樸、不排斥不完美、容許未完成乃至殘缺的狀態，由此提供了人們想像力的空間。當

其置入當下時空時，又涉及了自然力量之美、自然力量之
無常之殘酷、但又無須以二元對立的觀念或方式與之對
抗。如此「以不完美為美」，參照此詩，或許可略窺出二
行體「離氏俳句」所欲貼近的是什麼吧？

黑暗與光明的眼睛
──讀蘇紹連〈手電筒〉二式

靈歌

【截句原作】

〈手電筒〉二式　　作者：蘇紹連

1.
你用一隻眼睛看光明
沒看到黑暗中的我們

而在黑暗中的我們一直找著
也找不到你那一隻看光明的眼睛

2.
你用一隻眼睛看黑暗
被你看到的地方變為光明

我有二隻眼睛
卻要由一隻眼睛的你帶路

【解讀】

二首詩，呈現出發人深省的對比。

第一節，甚至只有「光明」、「黑暗」二個字不同，其餘文字皆一樣。

詩中的「你」，是詩題〈手電筒〉；「我們」，就是使用手電筒的「人」。二隻眼睛的人，總是在黑暗中，看不清人生的方向，需要藉助一隻眼睛的手電筒照明，從黑暗中發光，照亮「人」的前方，讓這號稱為萬物之靈的「人」不至於迷途，甚至跌倒，或墜入萬丈罪惡深淵。

「手電筒」總是和人一樣身處黑暗的世界，但他只看光明面，當人墜入黑暗中，他是看不到的。因為人往往喜歡黑暗而不自知，卻又自認為自己一直尋找生命的真諦，尋求永生的光明，燦爛的世外桃源，但經歷一生，有幾人能成為「手電筒」呢？只看光明面的，或許只有佛，只有上帝和神吧。

芸芸眾生，苦海無邊。但有誰領悟到回頭是岸呢？有誰能頓悟，拋下這黑暗的，短暫人生的誘惑與所有，毅然決然挖掉那一隻猶疑不捨，貪戀紅塵情愛與富貴的眼睛，只留下唯一的，讓自己澄澈通透，將萬有捨下，只持一，再忘掉唯一而歸於空的境界呢？手電筒，也是禪修中的持一吧，當眼前唯一的光明也忘掉時，就達到無上正覺之

境。所以，二隻眼睛一點也看不清，需要一隻眼睛的手電筒帶路接引往空的境界。

　　二首同題的四行截句詩，寫的是黑暗與光明的眼睛。讀者能從中讀到多少啟發？要做為二隻眼睛的黑暗，或一隻眼睛的光明呢？

散開與落下的去處
——讀蕭蕭〈無去處〉

靈歌

【截句原作】

　　〈無去處〉　作者：蕭蕭

　　快樂在花香散開的時候散開
　　憂傷在花瓣落下時落下

　　雲不深，卻也不知雲的去處

【解讀】

　　人生的悲歡，一如花謝花開。終點是往生輪迴，或是煙消雲散，或天堂地獄，皆有說詞。

　　蕭蕭老師這首三行詩，取名〈無去處〉，因為採用旁觀的觀點，將所見的描述，而不加一字評斷與介入感懷。

　　第一節用花來擬人，快樂時忍不住到處分享喜悅，像是散播花香，讓人間充滿春天。而花謝時，像深秋一樣落花葬花的悲傷。有歡樂就有悲傷，人世間一切都是相對

　　的。生，是為了前往死亡；團聚是為了下一次分開；快樂
正醞釀另一場悲傷的出場，似乎是人世間循環不止的規
律，反之，負面的氛圍也正是正面能量的蓄積。

　　只是，花香散了，何處去？花瓣落下，化泥，最終消
失了又到哪裡？是虛空，是輪迴的等待季節再臨？

　　「雲深不知處」，因為雲深厚，看不到雲往哪兒去，
也看不到，自己身處何處，前路雲深霧濃，不辨方向，甚
至看不清道路。而雲不深呢？似乎天清氣朗，一切清晰可
辨。但雲太薄，又易被陽光蒸發，不知往哪去了。

　　雲其實是作者寫人的反照，人的處事之道。看得太
重，處理太用力，太過投入太過掛心，是雲深。太過隨意
閒散，又一事無成，雲淺而成煙，深淺的拿捏無所適從。
如果雲深雲淺轉而為探索生命的起源與歸宿，則科學無法
揭謎，只好轉而宗教，又各有教義說詞。形而下與形而上
拉扯，雲的聚攏與消散如同人間來來去去，有的緣淺有的
緣深，而最終的答案，依然無解。

　　回到詩題〈無去處〉，也只是嘗盡人生悲歡，看過緣
起緣滅，而興慨然之嘆。

舌頭與喉嚨的關係
──讀白靈〈玻璃做的〉

靈歌

【截句原作】

〈玻璃做的〉　作者：白靈

女人是玻璃做的
除了舌頭

但已
足夠割喉用了

──（截自〈女人與玻璃的幾種關係〉七帖之一）

【解讀】

《女人與玻璃的幾種關係》，是白靈老師在2007年12月出版的詩集，第一首是詩集同名組詩，共七帖，每一帖又各自有詩題，副題為──遊新竹國際玻璃藝術節。第一帖就是我解讀的〈玻璃做的〉。

　　將玻璃與女人牽線，有創意。四行詩，只用了十九個字，精準到位又餘韻綿長，且逸趣橫生。

　　說女人是玻璃做的，玻璃堅硬，一如女人的固執；透明或半透明，或染成各種顏色，也具有女人特性。有人說，女人善變，有時透明如清水或空氣，卻是男人生命三元素之二，有時隱約朦朧，讓你看不清究竟；有時溫柔如微風暖陽，有時又暴風雨土石流旱災，這些都令大地變色。而玻璃易碎，像女人哭泣，其實也是一種武器，讓男人不得不小心翼翼捧在掌心愛惜。這是第一行。

　　然後，第二行就轉折：「除了舌頭」。

　　有句俚語（請女性詩友別罵我，這不是我說的，我也不敢贊成）：長舌婦。就是白靈老師這句轉折詞了。玻璃易碎，因為固執又堅硬，但舌頭卻柔軟而不斷折。記住，柔永遠能克剛。說道柔能克剛，所以第二節的銜接，就更精采了：

　　　　但已
　　　　足夠割喉用了

　　舌尖柔軟而鋒利勝劍。而喉嚨，是發聲的通道，該出聲才能出聲，該隨著命令變換音量與音質（溫柔，聽話的反應）。是男性在女人面前最能表現出溫柔體貼又聽命行

事的重要器官，也是男性的指涉。喉嚨的外表是頸子，硬頸或柔頸，有時搖頭拚命遮掩，有時點頭如搗蒜，都必須察言觀色行事，因為一有缺失，違抗主意，下場就是被推出午門用舌頭割喉。

　　您看看，這樣的簡短詩句多鋒利，多到位。短短十九個字，加上詩題，真是令人對書寫女性的特色拍案驚奇，身為男性的客倌們，又豈不大嘆：「真是今文觀止啊！」。

究竟有沒有黑白
——讀卡夫〈究竟〉

靈歌

【截句原作】

〈究竟〉　作者：卡夫

不過是把黑說成黑
所有白都亮出了槍

唯獨灰沉默不語

【解讀】

三行詩，充滿誤讀的可能。

我喜歡這樣多重解讀的詩，好像每一位讀者都參與了創作，三行詩一點火，各種解讀紛紛出籠，擴大三行詩的意涵與趣味。我的解讀，也只是眾多中的一種：

一般說法，黑道是壞，白道是好。但在這首詩中，黑成為坦誠的人，即使不好，但因為坦白，大家可以防範。最可怕的，竟然是白，因為這裡的白是漂白，是比黑更黑

的偽裝，被這種人害死，還不知道怎麼死的。

　　所以偽裝成白的人，沒有人喜歡被說是「黑」，「黑」在詩中，是壞人，但是卻說真話。當有人面對所有偽裝的「白」說：你們都很黑！這時的白因為被刺到痛處，被掀開假面具，都老羞成怒的「亮槍」，欲除之而後快。

　　最後一節，旁邊觀火的一群騎牆派，不白也不黑，因為真誠或偽裝，都不關他們的事。他們是隨機應變的變色龍，黑白不分，可黑也可白的灰著，隨時倒向勝利的一方。所以兩不得罪，他們永遠沉默地等待關鍵一刻，讓自己比白更白，也比黑更黑。

　　詩題〈究竟〉，同樣懸念。黑白灰這三種顏色，究竟哪一種才是真面目？而這個混雜的社會百態，追根究底，到底，又究竟是甚麼世界？

　　卡夫兄在回覆時自剖，說是為了看到台灣政壇的亂象有感而發寫成此詩。台灣的政壇確實是黑灰白充斥，且變來變去，讓你抓不到真相，常有人說，只有藍綠沒有黑白。而台北市長是無黨籍，自稱白色，但藍綠都對他恨得牙癢癢，覺得他沒有中心思想，為選票成為變色龍。而藍綠之間，都自稱是為台灣好，自己不只是白道，簡直就是王道。每四年一次大選，無論地方或中央，人們對於選出的政客，有的鼓掌，有的厭惡，這是民主常態。

　　或許民主千萬種缺點，但究竟比起專制好吧。一個國家的制度，也只能兩權相害取其輕。

一次就夠了
——讀卡夫截句〈僅此一次〉

葉子鳥

【截句原作】

　　〈僅此一次〉　作者：卡夫

　　在風也過不來的地方
　　用身體鑿開黑夜

　　鏤空的影子
　　正在過濾燒爐前的聲音

【解讀】

　　古希臘哲學家赫拉克利特，他曾說過一句名言：「人不能兩次踏進同一條河流。」此詩題的〈僅此一次〉，某種程度也呼應了這句話。

　　第一節「在風也過不來的地方／用身體鑿開黑夜」，我們可以感受到這是一個特殊的空間，是「風」都進不來的空間，勢必非常的封閉，或者是一個受困之處？所以是

暗黑的，「用身體去鑿開黑夜」以「身體」的「實」來相對於第一節的「虛」，表示是有一個人存在於此，並且意圖衝破這個閉鎖暗黑的空間。

第二節「鏤空的影子／正在過濾燒爐前的聲音」，「鏤空的影子」正意喻著以身體鑿開之後的千瘡百孔，為何「過濾燒爐前的聲音」？因為在這個衝撞過程，某種程度是已死了一次，是昨日的死，何嘗不是今日的生？

對應「人不能兩次踏進同一條河流」，是一種拋卻我執，或者是一種困境的突破，不再覆轍的自我對話。

以上是觀點之一，其實另外我也想到陳映真先生唯一的一首詩〈工人邱惠珍〉。邱惠珍是華隆的女工，她為了養育三個子女，身兼數職，終日像陀螺般轉，華隆積欠工資讓她幾乎無法生活，所以她就集結同事跟廠方主管爭取權益；但是後來卻慘遭同事背叛，因為主管單點突破，私下跟部分員工和解，導致沒有人理會邱惠珍，因此就在某日她兼完差要去華隆上班的途中喝下農藥自盡。

此詩「在風也過不來的地方／用身體鑿開黑夜／／鏤空的影子／正在過濾燒爐前的聲音」不正也道盡邱惠珍的處境！她是何等孤立無援，受盡人間冷暖及資本家的壓榨，她以身體的死來抗議，而她那被冷眼射穿的影子，她被火化的的餘燼，政客的冷漠、媒體的忽視、同事的無言……這些沉默的聲音，要不被人道主義的陳映真先生注

意到渺小女工邱惠珍，是否能引起我們一些些注視？是否能引起我們不要被譁眾取寵的聲音淹沒……。

　　一首詩能否引起共鳴，我想應該是有類似生命經驗的人或語言的表述頻率有所觸動，引領我們思考更多層面的範疇。

註：〈工人邱惠珍〉http://www.coolloud.org.tw/node/60075

偷渡的美學

——讀西馬諾〈攝影截句：黑白相間時刻／遺留下一行交談／霧靄的經聲。落下／光漫無目的統治。〉

葉子鳥

【截句原作】

〈攝影截句：黑白相間
時刻／遺留下一行交談
／霧靄的經聲。落下／
光漫無目的統治。〉
圖／文：西馬諾

片片迷離割下薄薄肌理
屬於自己
圍在一起說話的樹林
受圍於不發一言的色彩

【解讀】

　　西馬諾這首詩可以從兩方面來探討：

一、攝影與詩

攝影與詩之間是一種對話，詩不是用來解釋影像，應該是彼此的互涉。它們之間可以獨立存在又互為表裡／裡表。

西馬諾的攝影常有大量的凝視，拍攝者藉由鏡頭的凝視，被攝者凝視鏡頭，讀者也同具凝視與被凝視，是因異國情調的殊異性所產生的一種彼此注視。

如果只是一個台灣在地老人的捕捉，其符碼性就會依地而生；相對於此，就會有相異性的符碼產生。（此系列由臉書得知，在印尼拍攝。）

從「詩題」與「詩文」的「虛」性：「黑白相間」「一行交談」「漫無目的統治」，「片片迷離」「薄薄肌理」「不發一言的色彩」，這些圍繞著「光」與「影」的暗示作用，把一張影像的具體性，導入一個語言的所指，而此敘述圍繞著「囿」的境界，此老人所顯示的迷彩衣著與宗教性質有著「霧靄的經聲。落下」，象徵穆斯林們所共同的語言，是「一起說話的樹林」，但是被「光漫無目的的統治」，且「受囿於不發一言的色彩」。彷彿訴說了穆斯林被刻板印象所汙名化，只能在「片片迷離割下薄薄肌理／屬於自己」。

以影像的「實」與詩的「虛」所構築的互涉性，要跳

脫奇觀化，美感化的敘事，進入一個日常的關注，應該是
創作者與讀者之間共同的責任，就是相應於我們彼此的凝
視不是一種獵奇，而是看見彼此的差異，並且產生理解與
尊重。

二、截句的形式

　　以最精略的方式來說截句，就是「四行以內的短
詩」，但是西馬諾把「詩題」延伸成詩文的一部分，因
此，這也是一種「截句」嗎？蔣一談當初所創的「截句」
就是因為沒有詩題而備受爭議，如今台灣詩學所提倡的截
句規定要有詩題，且迎來了一大串的「偽詩題」，這到底
是一種創意？抑是偷渡呢？

　　「詩」還有什麼「框」不住的？還是其實我們都在框
框裡？

地球的母親
——讀邱逸華〈自己的房間〉

葉子鳥

【截句原作】

　　〈自己的房間〉　作者：邱逸華

　　還是打不開她的房門

　　這款語音辨識系統問世以後
　　男人不懂她何以禁錮自我

　　女人竊喜，為這重掌子宮的自由

　　註：詩題借用吳爾芙名著。

【解讀】

　　引入了一個現代性的符號與語詞「語音辨識系統」，
但是卻援引吳爾芙的名著《自己的房間》，吳爾芙的著作
是在二十世紀三、四〇年代的系列演講稿匯集而成，探討

女性沒有自己的空間與資源，遑論獨立發展。

那麼在二十一世紀的當下，女人還是在爭取「自己的房間」，可見這個歷史進程的發展，並沒有因為從「鑰匙」變成「語音辨識系統」的「鎖」來得更進步。

唯一的不同是女人有了自己的房間，但是卻要以「禁錮自我」的方式，來防止父權的隨時入侵，也就是女性雖然爭取到自己的空間性，卻還是隨時會被「攻略城池」，並須因應時代的不同，而有更進一步的策略。

「語音辨識系統」也隱含了話語權的掌握，也唯有在女性聲音脈絡下的「共振」，才是開啟的「密碼」，而「房間」相對於「子宮」隱喻女人對身體的控制權回歸到自己身上。

而事實上，這個竊喜很遺憾是一個烏托邦的想像，空間的建構並不存在於對子宮的掌握。因為在父權制的資本主義下，反而是希望把女人關在「舒適的房間」裡，把「再生產」的責任，要女人全部承擔；所謂「再生產」就是包含一家老小的吃喝拉撒教養家務勞動……，在少子化的當今，很多國家及宗教的法則，對於「墮胎」愈來愈趨保守。

〈自己的房間〉在抽象層次的理想是女人對自我的掌握度，在具體現實，就是一個被規訓的體系，這個房間相對於對子宮：女性同志們，我們猶須努力。

　　或者，更進一步說，真正的女性主義應該打破「自己」與「房間」的框架，她所訴求的是結合被壓迫的他者，共築一個理想的空間，而這個空間就是我們地球的母親──永續自然的生態，杜絕男性陽具煙囪，插遍我們的土地。

截句？獨行詩？一行詩？
──讀丁口〈缺〉

葉子鳥

【截句原作】

〈缺〉　作者：丁口

鱷魚嘴裡掏不出完整的段落

──（錄自〈獨行詩〉一詩）

【解讀】

這首詩令我太好奇了，因為附註中說明是截自〈獨行詩〉一詩，所以是在獨行詩裡截出此句？抑是就以獨行詩「搬家」到「截句」，就變成「截句」？如果以後者而論，就真的又為「截句」偷渡了一種類型，前述的一種類型是西馬諾的「偽詩題」，把另一段詩，包裝在詩題裡。

因此，「截句」又新增了兩種形式，一是不限詩題的長短，一是可以是「獨行詩」完全移植過來。（另外在《卡夫截句》的序言裡亦多所探討）

　　再者，「獨行詩」蘇紹連先生曾經撰文：認為詩的形式一開始就以「十四行詩」稱之，台灣「十四行詩」的翹楚是王添源，「十行詩」的代表是詩人向陽，「八行詩」的代表是詩人岩上，「五行詩」的代表是詩人白靈，「三行詩」的代表是詩人蕭蕭，他們都有將之集結成詩集。[1] 覺得「獨行詩」不妥，因為「行」有兩種發音，一是「ㄒㄧㄥ」，一是「ㄏㄤ」，容易產生混淆，且「獨」與「一」並不等同，不如以「一行詩」來得清楚明白俐落，也自有其新詩發展歷史下的脈絡。

　　蘇紹連先生亦言：基於以上的實事，故而在給詩類套用一個名詞時，都得再多方考慮，多方參考學家的用法，再修正才定名。

　　這些形式上的列舉，無非是希望多挖掘一些思考，唯有如此才能歸納出一些方向，在歷史的話語權展現這些走過的痕跡。

　　討論完形式，就來讀此詩的內容「鱷魚嘴裡掏不出完整的段落」，為什麼是鱷魚，而不是獅子、老虎、熊、鯊魚……呢？鱷魚與上述的吃食方式有何不同呢？經過一番查閱「鱷魚會做出一個讓獵物無處可逃的翻滾動作叫做『死亡翻滾』，只要使出這個大絕招，就能夠制伏並且

---

[1]　源自https://reurl.c/g9enL蘇紹連・意象轟趴密室現代詩的創作

肢解獵物」[2]，所以鱷魚與其他獵食動物最大的不同是牠獵食的方式會翻轉，以致「死無全屍」，但詩是說「嘴裡」，所以誰的嘴裡會有完整的段落？獅子？老虎？熊？鯊魚？從「鱷魚」的特殊性獵食，到牠嘴裡的過程，並沒有被凸顯，反而是鱷魚的嘴裡掏不出完整的段落，就我有限的知識，「蛇」可能是把獵物完全吞食，然後進行消化；除了蛇之外，哪一種獵食「生物」在嘴裡會有完整的段落？而其詩題〈缺〉更是匪夷所思，「缺」什麼？缺無法全食，如蛇般？那就「段落」完整了；「缺」全屍？那也無所「嘴裡的段落」了，所以我對此詩充滿疑惑。

中國當代詩人麥芒曾寫下一首膾炙人口的一行詩：

〈霧〉

你能永遠遮住一切嗎？

詩文本身與詩題呼應的突顯與對照就可以了解，由詩題的「實」，詩文的「虛」性延展：「你」是一個可代入的泛稱，「永遠」是一個時間性，「遮住」是個動詞，「一切」就是對應於「你」的多數；因此由「霧」具象的

───────────
[2]　擷自：https://reurl.cc/bM3dX你鱷魚系？看《鱷魔》前的鱷魚全攻略，帶你認識牠們的超強威力以及大絕招「死亡翻滾」。

隱涉帶入詩，就有無限的想像；或者說，由詩文隱涉，進入詩題也有無限的想像。

但是〈缺〉是個虛詞，詩內容明確指涉鱷魚，鱷魚卻是可被取代的對象，以致嘴裡的不完整段落，與不是嘴裡的不完整段落之間的區別是甚麼？

這是誰的「缺」？一開始的畫面感很足，但我們都要去深思，形式與內容從來不是一分為二的，抓到感覺的剎那，才是要開始進入理性思考的時候，文學確實是源自情感，但任何人的情感，都有其所處的歷史背景與當代科學的線索。

因此建議以「〈鱷魚〉死亡的翻滾，掏不出完整的段落」，這樣去思考書寫的方向，在詩意的模糊性與準確性之間的拿捏，可以跌宕出更多的想像與詮釋。

草悟道・爵士音景截句
——自解〈草悟道・爵士音景〉

解昆樺

【截句原作】

〈草悟道・爵士音景截句〉　作者：解昆樺

敲觸鋼琴的指尖
可以放在斑馬身上嗎？
彈出牠肺腑中
那我靈魂不存在過的草原

【解讀】

截句詩，顧名思義，為截取之句以為詩。既為截取，自然便有先存之「本文」。嚴格說來，截句詩具有後現代拼貼與引文的修辭意味。但隨近年截句詩的推動，「截句」又被解讀為小詩，且並未嚴格限定為幾行，不若向陽早年所寫十行詩，或者日文俳句17音，以及瓦歷斯・諾幹兩行詩明確，使得「截句」顯得寬泛，難以從形式限制中形塑字句、字音新可能。因此，我在讀寫截句上，仍從

「顧名思義」角度出發，歸之以後現代詩學。

截句的「拼貼與引文」，在詩學上的挑戰，其實也回到了後現代的傳統論辨，如何讓「拼貼與引文」而成的文本與本文產生新的意義碰撞，否則與抄襲有何差異呢？想想，「後現代」成為抄襲的說詞，豈不令人恐懼？

我以為截句的「拼貼與引文」在意義音響效果上，要形成對本文的泛音效應。如果本文詩作是一個已自成結構的基音，那麼，「拼貼與引文」就必需要形成由此延伸、震動而出的泛音。泛音士基音的延伸，但不是斷裂。截句本身要必須與本文詩作間存在共時性，彼此在對照中形成文本閱讀脈絡，亦即一種共時性的觀看。以我的〈草悟道‧爵士音景截句〉來說，其本文詩作為〈草悟道‧爵士音景〉，以手寫稿形式，館藏於「台灣數位文化中心」，原詩如下：

　　敲觸鋼琴的指尖
　　可以放在斑馬身上嗎？

　　彈出牠肺腑中
　　那我不存在過的草原

　　找不到夢中那匹斑馬

　　我足尖點數斑馬線

　　對岸　　　林立著樂器
　　捍衛草悟道的爵士

　　傾聽　　　被自由解放
　　被音樂蔓延著的草原

　　〈草悟道・爵士音景〉原詩乃寫台中已形成傳統的
爵士音樂節，以音景方的文化地景。而後截句再創作後，
則將原本前兩段予以結合，並在最後一句加上靈魂二字。
在創作上，本文詩作原本在形式上，為兩行一段，本身就
有透過短截的段落，形成不拖泥帶水有節奏的閱讀感。以
此，跟內容上的爵士樂相匹配。我在截句的過程中，看似
單純一分為二的截半，但卻又將一二段黏合，內在有著斷
取但又連綿的意味。加上「靈魂」二字，則試圖以此靈
魂，聚焦本文後半未取的六行詩。靈魂成為斑馬的隱喻，
靈魂成為捍衛的隱喻，靈魂也成為自由的隱喻。靈魂成為
了消失詩行的隱喻，擁有前文本的分明、堅毅與解放意
涵，代替他們在下一個階段，文本之來世存在。截句／
取，更像是對文本生命何能續存，如何能向前文本建立閱
讀跡軌的思索。

世間無止盡的哀嘆，
換來生命的無消也無息
──讀蘇紹連〈炭的嘆息〉

陳鴻逸

【截句原作】

〈炭的嘆息〉　　作者：蘇紹連

煙薰我的綠色前世
今生我竟如此漆黑

現在，我和已變灰、變白的囚服
一同躺在冷卻的爐子裡

【解讀】

「截」詩多少呈現出於原詩不同主題，同時也符合
截句詩的發想之一，原題目詩作，結合了許許多多（原詩
請參閱蘇紹連《時間的背景》，2015年出版）新聞標題，
一則又一則藉由燒炭自殺的訊息，鋪排成一獄像絕境，令
人感慨萬千與世道不仁。「炭」與「嘆」有諧意互譯的巧

妙聯想，「炭」之擬人化指向了活人在世的最後掙扎，如此孤獨如此痛苦和如此令人不解。最後見證者一炭，燒出「死亡」的希望也燃出「活著」的絕望，生與死互為凝視，人與世（界）的互為關係劃下休止符。

　　截句〈炭的嘆息〉較像描述「炭」的一生，從綠至黑而灰，移轉的身體／世竟簡單地被敘述完，炭的作用變得易懂合乎於常人認知，而最終的嘆息像是對於一生的註解，帶著悲然帶著冷卻無人關心，靜默地將自身發揮地淋漓盡致，為人們的付出只剩單向的，無法自主好壞與否，炭連作主的可能性都是零，那麼凝望著最後探見的畫面，也許是喜也許是悲，也許只是暫時的花火取暖，需要與被需要、需要與不需要都獨然成就於此，故事剎那句點。即便如此，截句後〈炭的嘆息〉依然保有一定程度意象，令人不禁想像那是個什麼樣契機、什麼樣的狀態，將炭砍採下來，透過相關製作變得另一種生活需用品，擬人化的訴語看盡了什麼並不清楚，卻實實在在地貢獻了自己。

　　截句之截在於二次創作的技藝，〈炭的嘆息〉的原詩羅列出社會悲劇的斑駁血淚，嘆息擁來黑暗，生命的嘆息也在「被燃燒」，直至人與炭都倒下為止。相較下截句少了憂闇氣氛，卻多了自我的幾許吶喊，冷的不僅僅是身還有最後的心，生命終究無消也無息。

夢記憶成草原上的糖
——讀李桂媚〈心事〉

陳鴻逸

【截句原作】

〈心事〉　作者：李桂媚

望不穿的夢
在恬靜的草原
漂流

風將記憶吹成了糖

【解讀】

　　詩人戮力詩的創作與推廣，可謂不遺餘力，對吹鼓吹詩論壇的貢獻良多，另一方面詩也適度呈現偏好與生活即景。〈心事〉也是原詩截作：

望不穿的夢
在恬靜的草原

漂流

風將記憶吹成了糖

把時間結成了花

撩開天空的腳印

遠山會不會有倆人的風景

窗台裡的倒影悠悠晃晃

一池綠影叩問著

夏日的嫣紅

　　原詩（或可參考李桂媚的《自然有詩》詩集）像是一首圖畫，看見的風景有倆人、池影、天空與夏日，隱為甜蜜的感受之作。相較下，截後之作簡單純然，意象卻更饒富其趣，正突顯了截句的創作，可幫助詩人重新檢視、重新再造、修飾原詩而另賦新意。

　　截句〈心事〉像是未道盡話語，那個夢勾勒著某個深處記憶，白日壓抑後被釋放於夢境，不能說無法說來不及說的種種，只能透過此重新「語言」一次，故「記憶」與「夢」的竄流，拂過了夢境構造的草原，得到了糖般的滋味。可題目與內容來看卻有著某種相反的矛盾，「心事」往往投射著內在情感的不捨、難以棄絕的想念，心事多數

不是輕鬆的，是被懸念擱置的情緒。回於詩表層的「甜蜜」（糖），實則是一種相反的苦澀。心譯換成腦的敘述，以夢的解析說明重重難結的「心事」，「望不穿」如同述不盡的話漂流無依。風的安撫、鼓動，喻含輕快的力量，有了乘風而去的快感順暢，讓現實與夢的對譯不會太難解。

　　詩人原作除本有的意境推演外，截句之截也選了重中之重，呈顯出截然不同的意象語境，可視為二次創作的代表技藝。因而，「心事」不論是沉重或輕盈，是可解還是難述，不可避視的看重方為可貴的依賴，對事務的心如此，對詩的心亦然。

引導黑夜前行的眼睛
——讀李桂媚截句〈導盲犬〉

陳政彥

【截句原作】

〈導盲犬〉　作者：李桂媚

每一枚紅色背心的
腳印　都是
黑夜過後的眼睛

——（2016年3月《吹鼓吹詩論壇》24號）

【解讀】

　　詩雖是最簡短的文字藝術品，但對社會萬象仍然能發揮著觀察、感嘆、針砭的作用，此即古人所說興觀群怨。這首〈導盲犬〉雖然只有簡單三行，但卻點出了台灣在進步的道路上，同理心仍然有待提升的問題。導盲犬能夠幫助視障人士安全抵達目的地，避開危險與障礙，同時也是盲人生活與心靈的重要支持，但想要養成一隻稱職的導盲

犬卻是難上加難。牠需要能夠在交通繁忙的街頭以及眾人
齊聚的場合保持穩定，判斷狀況引導主人，除了需要挑選
個性溫和的幼犬之外，訓練階段也需要時常帶到馬路上與
店家去練習。這種訓練中的導盲犬就穿著導盲犬協會專門
設計的紅背心。但是近年來卻發生多起店家不願讓導盲犬
入內的糾紛。爭執起源於訓練飼主本身不是盲人，容易招
受誤會。在新聞畫面上看到身穿紅背心導盲犬被店家驅趕
時的無辜表情著實讓人痛心。

　　詩人以此為切入點，穿著紅背心的導盲犬還不是完全
正式的導盲犬，因此他的狀態是幼犬邁向成犬、由受訓階
段邁向正式任職的過程，落在第二句的腳印，精煉點出這
種前進的動態。

　　狗的腳印不斷往前，拉著視障人士前進，象徵導盲犬
成為盲人的眼睛，盲人自己的眼睛則處在黑夜之中。黑夜
本身就是失明狀態的最佳比喻，源自於為先天的疾病，也
可能是後天的意外，詩人此處也隱隱然向顧城〈一代人〉
致意。三句一氣呵成從腳印到眼睛的巧妙銜接，無有贅
字，實極工巧。在詩句凝鍊之餘，我們也可推得作者潛藏
詩中的期待，期望每隻穿著紅背心的幼犬，都能成為獨當
一面導盲犬，期望每位盲人都能獲得更多協助，更期許社
會大眾對弱勢族群、對動物都能付出更多同理心。

問鼎新解
——讀寧靜海〈鼎〉

陳政彥

【截句原作】

〈鼎〉寧靜海

媽祖問鼎：
香炷撐不下去了
站在你頭上那片天
還頂得住嗎？

——（錄自寧靜海《阿海截句》封底詩）

【解讀】

　　截句限定在四行之內，可以說能夠表述想法與敘述的空間很少，相形之下，詩的比興功能就被這種侷限大大地強化，意象間各種碰撞各種火花都可能張開不同的詮釋，寧靜海這首〈鼎〉就是最佳例證，乍讀之下難以理解，但仔細思考，卻又有各種詮釋的可能躍上心頭。

　　首先，第一層能想到的可能性是空汙議題。人類文明持續發展，電的用量只會更多不會減少，日漸嚴重的空汙伴隨日漸極端的氣候變異，減少碳排放已經是刻不容緩的必要措施，但是燒香燒紙拜拜的傳統文化又怎能廢棄，於是詩中的鼎可視為堅持燒香傳統的保守派，但是更超然的媽祖就不禁要問，如果臭氧破了洞，天頂不住了，鼎還頂得住嗎？這種質疑尖銳卻切入當下熱門的環保議題。

　　又一解，古來「鼎」就是高度符號化的政治象徵，早在戰國時代「問鼎」之輕重，原本就有奪取權力的意思。如果做此解，鼎上插著眾多的香，燃起的香煙飄然上天，隱隱然有如鼎撐著香，香煙撐著天的聯想。轉換成政治解讀的話，鼎就像政黨，拉攏眾多樁腳支撐，捧起了象徵大權的天，久而久之，政黨人士會誤解自己的重要性，以為沒有自己來支撐，天就會垮下來，連同虔誠相信自己政治信仰的人一起，為了延續政權無所不用其極。其實，是不是沒有鼎、沒有香，天就會垮呢？超然於物外的媽祖象徵不涉入其中的理性提問，讓人思考個體與群體在政治活動中的狂熱與反思。兩種詮釋都饒富興味，且如鼎／頂的諧音，香炷台語讀做香腳，與樁腳也有互文的妙處，反覆玩味都覺得詩趣盎然。

異中求同，同中有異
——讀孟樊截句〈夢〉

李桂媚

【截句原作】

〈夢〉　作者：孟樊

黑貓在夜的雪地上行走
像隱形者的腳步
夢的斜波來回底搖擺

親愛的，你在哪裡？

【解讀】

完形心理學（Gestalt Psychology）歸納出「相似律（similarity）」、「接近律（proximity）」、「連續律（continuation）」、「封閉律（closure）」等視覺原則，截句書寫其實也蘊藏著類似的規則，例如《孟樊截句》裡的〈夢〉。

截句〈夢〉是由詩集《S.L.和寶藍色筆記》中的三

首詩「集句」而來，第一、二句取自〈自畫像四幅·之三〉，第三句源於〈致美麗的哀愁──曾淑美〈哀愁〉讀後〉，末句則是〈霧中貓〉。出自不同詩作的句子，因為使用括號的共通性，進而成為一體，也就是完形心理學的「相似律」，具備類似元素的物件會被視為同一類。中間的換行讓詩作分成兩段，前三行一組，後一行一組，亦即「接近律」，人們會把靠近且相似的物體當成同一類。

　　這首詩不只是形式上有相似性，文字本身更是有所呼應，因此看似相似卻又有所不同，「黑貓」與「夜」皆是黑色的，「隱形」表示無法被別人看見，自己的「夢」同樣是旁人看不見的，此外，前三句的行走、腳步、搖擺，都是移動的暗示。整首詩四行詩句就像電影的四個分鏡，一開始貓在雪地走過，緊接著不見貓、只見腳印，到了第三幕，夢在詩中人半睡半醒間來臨，值得注意的是，在第一段一連三句的動態描摹後，第二段筆鋒一轉，拋出「親愛的，你在哪裡？」的問句，轉為內在世界的刻畫，至於這道問句是含蓄的低吟或者聲嘶力竭的吶喊，就留待讀詩的你細細品味了。

意義的延伸
——讀孟樊截句〈有感〉

李桂媚

【截句原作】

〈有感〉　作者：孟樊

遠山傳來的鐘聲
抓起的竟是一把雲

蒼白的心事
遂觀音起來了

【解讀】

〈有感〉的四行詩句依序截自〈暗香浮動〉、〈秋風吹下紅雨來〉、〈四季‧冬〉、〈浮雲青山〉，雖然源於不同詩作，但四行之間存在著無形的網絡，「鐘聲」其實就是「心事」，「雲」的白色色澤也與「心事」的「蒼白」相契合，可見詩人的精心經營。

值得注意的是，末句「觀音」至少有三種解讀方式，

一是觀音山，二是鐵觀音茶，三是觀世音菩薩，隨著「觀音」的詮釋不同，詩作的指涉意涵也有所變異。倘若「觀音」為山，便與首句的「遠山」成為呼應，境隨心轉，此其一；「觀音」如以茶觀之，包含了嗅覺與味覺，搭配上詩中的其他物件，「遠山」、「雲」是視覺，「鐘聲」屬於聽覺，「抓起」是觸覺，「心事」為意覺，眼、耳、鼻、舌、身、意六覺都在其中，對應詩題「有感」，則「有感」不只是心有所感，或者寫作的靈感，更是五感六覺，此其二；假使「觀音」是信仰，相傳「觀音」能觀世間聲音，定能聽見「遠山傳來的鐘聲」，塵世「蒼白的心事」，此其三也。

　　再換另外一個角度來思考，符號與意義一直是流動的，「觀音」終究只是一個符徵，名稱與意指之間的連結，往往受限於大腦知識及既有想法，讀者所感知道的「觀音」，未必就是創作者心中的「觀音」，很多時候，詩人書寫的訊息越少，讀者能夠延伸的意義反而會越多。

帶刺的紅玫瑰
——讀卡夫〈玫瑰〉

曾美玲

【截句原作】

〈玫瑰〉　作者：卡夫

讓我緊抱著
身上就不再有刺
血流完了
心還是比妳紅

——（錄自《台灣詩學截句選300首》）

【解讀】

　　玫瑰，在西方文學的傳統裡，尤其是詩歌，一直都是詩人們熱愛歌誦的花。十九世紀英國浪漫詩人朋斯（Robert Burns），著名的情詩"My love"，一開頭"My love is like a red,red rose.That's newly sprung in June."「我的愛情像一朵紅玫瑰，在六月新鮮綻放」，詩人將愛情比喻成紅玫

瑰；記得筆者大三時，選修陳祖文教授的英詩課，老師在解說這首詩時，曾說："A rose is a symbol of love." 「玫瑰是愛情的象徵」。其他如著名的小說「小王子」裡，小王子居住的星球上，他親手照護，讓他又愛又惱的玫瑰花，童話故事「美女與野獸」裡，那朵日漸凋落，考驗真愛的玫瑰，都是大家非常熟悉的。詩人卡夫以玫瑰當詩題，自然很容易讓人產生共鳴。

　　但玫瑰既然是文人愛用的題材，如何將它寫好，推陳出新，不流於老套，是一大挑戰。卡夫這首截句〈玫瑰〉，便是成功的範例。第一行（讓我緊抱著），這一個動作，既熱情又大膽。玫瑰雖然嬌艷美麗，但卻多刺，連手握一朵玫瑰，都要很小心，免得被刺傷，詩人卻願意（緊抱著），不惜被刺到滿身流血，可見其用情之深，真可謂「愛到深處無怨尤」！第二行更帶來驚奇，「身上就不再有刺」。原來，玫瑰是情人的暗喻。一朵帶刺的玫瑰，唯有真愛，才能感動對方，才能融化她身上的刺，她心裡的怨。擁抱勝過千言萬語，詩人只用一個簡單的動作，卻帶來巨大的感動力量！

　　第三行「血流完了」，詩人用力抱緊他的玫瑰，他的摯愛，不惜流乾身上的血，結尾「心還是比妳紅」，緊扣詩題，不直說愛，以意象呈現，為愛流乾寶血的詩人，將心袒露，讓愛人，也讓讀者看到，那顆比玫瑰更紅更熱

情，至死無悔的心，讓人十分動容！

　　這首詩，其實，不只是一首動人的情詩，也有很豐富的象徵意涵。革命烈士為了一生的理想，宗教家為了堅持的信仰，或詩人，為了詩，都可能願意，無畏任何帶刺的險阻與試驗，那怕受傷流血，付出極大的代價，仍然勇往直前。

　　有詩評家說：「詩的最高層次是象徵」。這首截句，語言精鍊，意象鮮明，情感熾熱浪漫，又有弦外之音，值得細細品味。

老屋的陰影與光
──讀劉梅玉〈老屋〉

曾美玲

【截句原作】

〈老屋〉　作者：劉梅玉

荒蕪了17年的門
我費力地將灰塵打開
裡面的陰影還在
但有些已經老成光的模樣

──（錄自《台灣詩學截句選300首》）

【解讀】

　　老屋，寫滿歲月的滄桑，也暗藏光陰的故事，不只是古今中外，許多多愁善感的詩人，喜愛詩寫的題材，更總是吸引畫家、攝影師或導演們關愛的眼神。梅玉以詩人與畫家的雙重身分，選擇「老屋」入詩，在表現方式與內涵的深度上，都讓人十分觸動！

　　一開頭（荒蕪了17年的門），詩人以畫家敏銳的眼光，也好像化身專業攝影師，將鏡頭對準那扇被荒蕪了17年的門，帶領讀者的眼睛，穿過門，跟著曾在這裡生活過的主人，可能是度過童年與少年時期吧；隔了漫長的17年，再度重返這個被棄置的老屋。17年沒有人住的老房子，一定布滿厚厚的灰塵，所以作者很自然銜接第二行（我費力地將灰塵打開），這「灰塵」，應不只是肉眼看得見的塵埃，也有更多看不見的過去，快樂或悲傷的往事吧！詩人有心製造懸疑，第三行（裡面陰影還在），將焦點集中在久居老屋，走不出去的層層陰影，讀者的心，也跟著往下沉。

　　但最後一行，詩人筆鋒一轉，創造令人驚喜的結尾。（但有些已經老成光的模樣），以技巧而言，（老成）這個動詞用得絕妙創新，（陰影）與（光）形成強烈對比，很有張力。在內涵上，詩人將陰影昇華，經過17年歲月和人事的淬煉，蛻變成光，最終帶給自己，也給讀者，重生的喜悅與盼望！

　　光，是意涵豐富的意象。聖經創世紀裡，神在創造世界的第一天，說：“Let there be light.”（有光）。從此，世界開始有了白晝與黑夜。梅玉這首截句裡的（光），不同於美國著名女詩人Emily Dickinson，有一首名詩〈There is a certain slant of light〉（有一道斜光），那一道沉重，

充滿壓迫感的光；比較像辛棄疾的名句「驀然回首，那人卻在燈火闌珊處」，詞裡所達到的頓悟境界。我們忽然看見，那些老成的光，在主人重回老屋的那一刻，已將陰影推開，照亮迷路的心。

故鄉的味道
──讀沐沐〈燕子的黃昏〉

曾美玲

【截句原作】

〈燕子的黃昏〉　　作者：沐沐

風
在遠空拉出一條透明的線
牠嗅了嗅
便知道那是故鄉

────（錄自《魚跳：2018臉書截句選300首》）

【解讀】

　　這首截句的詩題與詩緊密相連，也可以說，詩題是整首詩的開頭。詩人選擇兩個意象：燕子與黃昏，燕子飛翔在黃昏的天空，是大家都可能看過的景象，看似無特別之處，但黃昏，最容易觸動隱藏心底的情感，飛翔的燕子，也常被詩人用來借物寄情，這個詩題，很容易引起共鳴。

　　從第一行，詩人只用一個簡單的（風）字，卻帶給讀者綜橫千萬里的想像空間。果然在第二行，他便巧妙地（在遠空拉出一條透明的線）。（拉出）這個動詞用得生動傳神，不但將燕子的眼光（其實正是詩人的眼光）拉遠拉高，也把讀者的視野，拉遠拉高！（透明的線）是貼切創新的想像，風是肉眼看不見的，我們卻能感受到風的速度與觸感，猶如一條（透明的線），牽繫著燕子，牽繫著詩人，也牽動讀者的心。

　　第三行（牠嗅了嗅），（牠）暗示原來此刻，天空只有一隻燕子，可能是一隻飛離燕群，迷路的燕子。（嗅了嗅），動詞（嗅）是神來之筆。將感官從視覺自然轉移到嗅覺，為詩注入新鮮感，也創造懸疑。結尾（便知道那是故鄉），將情緒推到最高點，運用西方文學很常使用的「surprise ending」的技巧，很有張力，帶給讀者深深的感動！原來，燕子是離鄉遊子的借喻，也可能是詩人自己，借物抒情，含蓄表現對故鄉的思念。

　　古今中外，以鄉愁為主題的詩，多如天上繁星。古詩裡，最廣為人知的，應是李白的（舉頭望明月，低頭思故鄉）。新詩裡最有名的，應是余光中的（小時候，鄉愁是一張小小的郵票），愛爾蘭詩人葉慈，年少時，離開家鄉到異地，也曾寫下懷鄉的好詩；詩人最後寫到，有時，站在吵鬧擁擠的人行道上，耳朵清楚聽到故鄉海邊，潮水拍

岸的聲響。

　　沐沐這首寫思鄉的截句，語言精鍊，淺顯易懂，情感飽滿生動，表現手法不落俗套，讓人眼睛一亮，不只跟著詩中的燕子，看到牽動思念的（透明的線），也聞到故鄉的味道。短短四行，卻強烈勾起，你的我的他的，每個人心中，永恆的鄉愁。

蚊子的控訴與救贖
——讀胡淑娟〈蚊子的控訴〉

曾美玲

【截句原作】

　　〈蚊子的控訴〉　　作者：胡淑娟

　　一道光，把我掄至牆上
　　擊掌
　　流出鮮血
　　只為了救贖一個黑夜

——（錄自《台灣詩學截句選300首》）

【解讀】

　　詩人大都有一顆敏感細膩，善於觀察的詩心，大自然的小動物小昆蟲，像蝴蝶、蜜蜂、螢火蟲、螞蟻、蜘蛛、蝸牛等，也是他們熱愛描繪的對象。英國文學裡，詩寫小動物，最膾炙人口的詩，應是17世紀大詩人John Donne（鄧約翰）的名詩〈The Flea〉（跳蚤），讓人害怕討厭

的跳蚤，在詩人發揮巧妙的聯想與高超的想像力後，竟脫
胎換骨，從此永遠存活在文學史上。詩人胡淑娟的截句
〈蚊子的控訴〉，一樣取材自最平凡的小昆蟲，牠們不同
於蝴蝶蜜蜂或螢火蟲，不但不可愛溫柔，反而讓人討厭，
避之唯恐不及。

　　詩題〈蚊子的控訴〉，角度就頗創新，暗示這首詩
的敘述者，不是人，是一隻蚊子。自然帶出第一行（一道
光，把我掄至牆上）。這道光，應是備受困擾，無法入睡
的人類，氣極敗壞地從床上起身，開了燈，或拿起手電
筒，往牆上一照，急著找到這個「冤家」。（掄）字用得
很鮮活，暗示那道光，對弱小的蚊子而言，已有很強的殺
傷力道。第二行的（擊掌），精準有力的動作，迅速進入
第三行（流出寶血），一掌擊斃，十足的戲劇張力；同時
表示這蚊子已叮過人，也許正是敘述者本人呢。

　　「寶血」用得很妙！蚊子吸人的血，是為了維持生
命，在蚊子的心裡，這血是無比寶貴啊；結尾句（只為了
救贖一個黑夜），真讓人省思。以蚊子的立場來看，人類
為了一夜好眠，狠心將牠打死，害牠賠上寶貴的生命（寶
血），精準呼應詩題「控訴」二字。更深一層探討，「寶
血」與「救贖」都是聖經中，紀錄耶穌受難，最常用的詞
語；聖經說：耶穌受難時，流盡寶血，為了救贖全世界。
淑娟將聖經的故事巧妙融入，讓蚊子，以諷刺機智的口

吻，幽人類一默，可謂高招。

　　身處亞熱帶的島嶼，尤其是夏天，大家都有被蚊子吵到無法入睡，或被叮咬，癢得受不了，只好出手將牠打死的經驗。詩人將這個每個人都經歷過的日常體驗詩化，靈巧結合聖經的故事，翻轉出新意；短短四行小詩，卻寓意深遠，發人省思。

詩句的再現
──孟樊如何玩截句的後現代

雲朵

【截句原作】

〈攤開稿紙──再截句〉　作者：孟樊

狂風驟雨，千里催稿
攤開一張白紙，一條青蛇似的時間
使我驚心的不是它的枯槁……

這次的砲聲是來自深沉的內部

──（錄自孟樊《孟樊截句》〈自序〉，頁11）

【解讀】

　　孟樊在2018年5月接受白靈邀約之後，在短短的一周內將99首截句寫出，其中對於如何截句，充分表現出詩人創作的遊戲性。他在〈序〉中說：

截句係屬「二度創作」，也就是從自己或他人已有之

作擷取其中片段以成另一詩作，是對原作的再度創作。

　　所以，孟樊的截句是他從原有的截句創作中找到他的歸屬，也就是「二度創作」，他所謂的截句是從「有中生有」，換言之，原作是「無中生有」，而截句則是從「有中生有」。於是，他的這本詩集後半段體現他的截句概念，也是就「有中生有」。

　　此首〈攤開稿紙──再截句〉，其實是前一首〈背向大海──洛夫截句〉中的句子，而〈背向大海──洛夫截句〉看似取名自洛夫的詩集《背向大海》，實則句子卻不是洛夫〈背向大海〉一詩，而是整本詩集中的每首詩的第一句，被孟樊「截」為詩句，而這些句子則截而有成，聚而有意，重新再生為一首新的詩，也就是〈背向大海──洛夫截句〉一詩，此詩從洛夫原詩集中，截取衍生成一首新的詩。在這首詩之後，孟樊再從此詩，截出四句，或是調動前後次序，或是將意象重組，意義再生，成為新的一首〈攤開稿紙──再截句〉詩。換言之，這已經是截而再截了。

　　從截詩句開始，詩人的巧思就在於截取之後，是否可以再組一首新的詩，拼裝是詩人的創意，拼裝的後現代思考若是成功就會變成新的巧思，若是不成功就成為畫虎不成，這需要對語言掌握能力的寫詩高手才能玩出的遊戲性。

　　這首詩中的四句詩，可分為六句，「狂風驟雨，千里

催稿」，「攤開一張白紙」在〈背向大海——洛夫截句〉
與〈再截句〉中前後不同，「一條青蛇似的時間」本句是
「時間，一條青蛇似的」，這譬喻指的是時間像蛇一樣溜
掉，而孟樊把句子變成「一條青蛇似的時間」，一方面
讓詩句有所變化，也讓文句較為簡潔，「使我驚心的不是
它的枯槁……」，從而將寫作與時間聯結成新的想像，時
間與創作也許有一天都會枯槁，而這卻不是作者驚心的，
語鋒一轉，更驚心的放在後一段，作為詩的總結，也就是
「這次的砲聲是來自深沉的內部」，將對寫作與時間的擔
心與恐懼轉到內在的砲聲，影射著內在文思的枯竭才是真
正的可怕。

　　從洛夫詩集截出成一首詩，最後再截成一首〈攤開稿
紙〉的四行短詩。洛夫《背向大海》是整本詩集，感懷，
禪意或是生命情懷，孟樊從中截取出來的是一個影子似的
洛夫詩句，重新將洛夫的生命情懷截成自己的，而〈再截
句〉已經是他對創作與時間的反思與焦慮了。

　　詩句挪動位置，截取與再重組之後，新的意義產生，
後現代的遊戲意味在孟樊此本截句中已然表現酣暢淋漓。
像是一個「截句」的口號下去，詩人各自展現身手，有截
句而成詩，有重新創作成詩，而孟樊一截再截之後，已將
詩的截句發展到個人的遊戲，再截下去恐怕像大樹一樣，
伸展無限的枝椏了。

截句之象徵世界探索
——詹澈〈跟著〉試析

朱天

【截句原作】

　　〈跟著〉　　作者：詹澈

　　飄遊的雲與雀躍的海浪啊
　　一路跟著走唱的無政府主義者
　　我還是留在原地的野草
　　踐踏過我的人已跟著你們走了

　　　　——（錄自《台灣詩學截句選300首》，頁226）

【解讀】

　　詩是什麼，什麼是詩？此，當為自古以來詩人、學者追索不已的難題！而就詩之結構組成、內容意涵等角度來看，詩即象徵，當為筆者在思索此問時，最為令我心安的答案。

　　但由於「象徵」一詞，意義深廣、涵蓋多方，實

可謂人言言殊——例如，艾略特所謂的「客觀相應物」
（objective correlative）當可視為近代詩人對於象徵法則的
應用典範，但其與〈萬物照應〉（Correspondances）中，
波特萊爾筆下「象徵的森林」之意涵，卻又相距甚遠；故
而在此須特別說明的是，筆者所用之「象徵」，乃是將其
視為一種由實到虛的連結關係，而並不涉及法國象徵主義
所格外強調的普遍性與形上性。

　　進而言之，當我們以象徵之眼來重新審視詹澈之〈跟
著〉時，應不難看出，詩中首句之「飄遊的雲」、「雀
躍的海浪」，除了指向海天之間本就任意來去、隨性起落
的雲與浪以外，透過次行之描述，更將其詞語之內蘊拓展
到，足以代表那些強烈相信應如風一般自由生活之「無政
府主義者」的忠實信徒。

　　不過，由於詩人自言「我還是留在原地的野草」，
故而或許便是因為立場之迴異而導致了相處之矛盾，使得
採取如草一般堅守崗位、堅忍不拔之人生態度的「我」，
最終慘遭「踐踏」與敵對——但最後，所有的傷害終已
遠去，就像那些踐踏者的腳步「已跟著你們走了」；而
「我」仍然扎根地土、立足原地，繼續實踐與雲、與浪、
與風截然不同的生活：這，難道不能稱為勝利？

　　因此，就筆者而言，儘管表面〈跟著〉之內容看似與
自然景物高度相關，但若就由實到虛之象徵關係切入，或

許詩人正是憑藉著由「雲」、「浪」和「風」所傳達出的自由意涵，與透過「草」所隱含的堅守與固執，彰顯出某種詩人所深信不移的生活態度、生命信條。

換個角度看，由於從詹澈〈跟著〉之中，確實可在穿過種種自然意象後，看到另一層更為抽象、更為縹緲之精神世界，故在某些程度上，此亦不啻告訴我們，對於最多僅有四行的「截句」詩作，仍應在閱讀時遵循象徵之原則，盡力挖掘、全心尋覓，那建構於可感具實之事物形象以外，充盈著微妙情愫與深邃理念的無邊世界。

截句之對比美感顯豁
──以蘇紹連〈夜百合〉為例

朱天

【截句原作】

〈夜百合〉　　作者：蘇紹連

我的輪廓是光，是空氣
召喚一片廣大的自由

──（錄自《台灣詩學截句選300首》，頁266）

【解讀】

不論是李白〈將進酒〉中的「朝如青絲暮成雪」，亦或是洛夫〈煙之外〉所示「左邊的鞋印才下午／右邊的鞋印已黃昏了」，其詩句之所以深具藝術高妙之感，概與「朝」與「暮」、「青絲」與「雪」、「左」與「右」以及「下午」和「黃昏」之間所彼此激盪出的特殊感受，密切相關。

而放眼西方詩壇，此種藉助語詞之間的特殊連結以

觸動讀者心靈的詩作表現，亦多有所見：例如，十六世紀英國唐恩（John Donne）在〈遺跡〉（The Relic）中所寫下的詩句：「伴隨著金髮與白骨的手環」（A bracelet of bright hair about the bone），其中「白」與「金」的冷、暖不同色調上所呈現的反差，以及「髮」與「骨」之間所隱含的生、死隔閡，在創作表現原則上實與李白、洛夫，若合一契；而在近代著名詩人艾略特（T.S. Eliot）之〈普魯弗洛克的情歌〉（The Love Song of J. Alfred Prufrock）裡的名句：「我用咖啡匙量盡一生」（I have measured out my life with coffee spoons）裡，我們亦同樣能清楚感受到，「咖啡匙」與「生命」所蘊含之虛實、大小的顯著拉扯。

　　進而言之，儘管二十世紀的布魯克斯（Cleanth Brooks）曾以矛盾語（the language of paradox）一詞來代表詩作字、詞之間所塑造出的悖反張力與緊張關係，但由於筆者認為，除了可藉由性質相反的詞彙表達矛盾、悖反之語文魅力外，詩人亦可透過性質相似或意義相關之詞語的並列、相鄰，傳達出同幅加乘的美感——換句話說，相較於「矛盾語」只能說明詩作內部詞語關聯之單一面向，倒不如逕以「對比現象」名之，更能涵蓋周全、詮釋嚴密。

　　而關於「對比現象」之定義，筆者在〈三行一宇宙

──楊華、陳黎三行詩之對比現象詮釋〉（「第一屆台大、政大台文所學術交流研討會」，2007年10月）裡曾指出，至少可包含以下兩類：第一，意指詩作內部以並列相鄰之狀態呈現的，具有一定關聯性之語言文字；第二，除了詩作之內的詞語或詩句所共構的對比，詩作之表層內容與言外之意、詩作與現實等更為廣闊的相互關係，亦可隸屬於「對比現象」一詞之內涵範疇。

　　於是，就蘇紹連〈夜百合〉之整體表現來看，其詩作所蘊含的「對比現象」，應可藉以下四點，逐一說明：首先，詩題即有對比──「夜百合」，乍看之下似乎是單純的花卉描寫，但細細品味後卻應不難體會到，詩人透過「夜」之「黝黑」、「廣大」與「百合」之「潔白」、「渺小」，而共同營造出的強烈之拉鋸與懸殊之抵抗。

　　接著，在首行詩句內，蘇紹連更是足足鑲嵌了兩重對比：一般而言，當我們提及「輪廓」時，所直接聯想到的，應該是具體可感的明確形狀；然而，此處詩人筆端描繪之「輪廓」，卻是無形無相之「光」與「空氣」。再者，除了「輪廓」與「光」、「空氣」之「反向對比」外，由於「光」與「空氣」不只同樣具有抽象之性質，且亦皆為生命存續之必備要素，故可說「光」與「空氣」亦可視為意義、特質相似之「同向對比」。

　　此外，延續「同向對比」之角度來看，洋溢於〈夜

百合〉詩行之間的語言魅力，廣義而言亦相似於「光」與「空氣」之關聯——因為，「光」能遍照天地，「空氣」可周流寰宇，本就具備了「自由」之屬性；然而，不可忽略的是，由於此處的「輪廓」乃是隸屬於「百合」，故而花之微小「輪廓」，當然又與「自由」之「廣大」形成反向之對比，散發出隱隱扞格、暗暗牴觸的氣息。

最後，若將觀察之視角放大到，足以同時容納具體客觀之現實環境與抽象主觀之想像世界，則應不難感受到，盛開在蘇紹連心中的〈夜百合〉，與立足於真實生活之「夜百合」，亦有天壤之別。

故可知，〈夜百合〉中所層層相疊之「對比現象」便彷彿辦辦交映之美麗花瓣，而詩、藝術之超凡價值、獨到特色，就也在這重重對比中，漸次飄逸、沁人心脾。

截句之敍事魅力詮解
——釋蕭水順〈其時，彰明大化中〉

朱天

【截句原作】

〈其時，彰明大化中〉　作者：蕭水順

太陽逐次在八卦山龍眼樹琢磨

一個一個的我　穿著風
穿過風

海潮靜靜　靜靜等待情人的喘息聲

——（錄自《台灣詩學截句選300首》，頁318）

【解讀】

　　杜國清曾在〈詩的三昧與四維〉中明確指出，「情」、「理」、「事」、「物」當為支撐「詩世界」的四項重要支柱——而就一般人的普遍認識來看，「事」之

開展運行，往往需要較為廣闊的篇幅，方能使作家馳騁千里而不已的謬思，獲得足夠的揮灑空間；就算真要以「詩」敘「事」，我們所習慣的「敘事詩」，短則三、五十行，長至上千行亦不足為奇：例如楊牧的〈有人問我公理和正義的問題〉、陳黎之〈最後的王木七〉、陳克華的〈星球紀事〉以及羅智成之〈星球紀事〉等等。因此，我們不得不繼續探問的是：以外形之輕薄短小著稱的截句，是否也有敘事之可能？對此，〈其時，彰明大化中〉，或許便已提供了最好的答案。

綜觀〈其時，彰明大化中〉之總體樣態，不難發現這是一首同時需要細心與想像方能順利解讀的特殊詩作；然而，儘管此詩之全貌驟看頗難理解，但每一節、每一行、每一句，卻都是敘述通暢的獨立語句——故可知，對於蕭水順此詩的解讀良策，或許便應由此徐徐圖之。

而〈其時，彰明大化中〉之首行，「太陽逐次在八卦山龍眼樹琢磨」，除了清楚投影出陽光緩緩移動在八卦山頭每一株龍眼樹上所有果實的明亮畫面，透過「琢磨」一詞，我們更可充分感受到光線精細、舒緩之動態感。

至於在全詩的第二節，也就是第二、三行裡，作者試圖渲染出一幅神祕、南測的超現實景象：亦即「一個一個的我　穿著風／穿過風」；故而，此處所謂的「一個一個我」，當不適合用具實之角度看待，而應將其視為一種想

像狀態的演繹——勉強言之，或許可將此處與「風」緊密相關的「我」，聯繫到足以代表作者之自我思緒或心靈世界的具體化身，而所謂的「穿著風／穿過風」，則彷彿是在強調「我」已超脫至一種與天地自然相化相融的冥合處境。

　　再者，全詩之末尾：「海潮靜靜　靜靜等待情人的喘息聲」，作者同樣採取了如同首句般的擬人化筆法，將「等待」之心情、守候之神態，灌注於「靜靜」之「海潮」；而藉由「情人的喘息聲」與「海潮」並列於同一詩行之頭尾兩端的巧妙設計，除了召喚出聽覺感受的遙相呼應外，更隱約將全詩之時間軸線，定錨在最有可能產生情人之喘息的夜晚時分。

　　於是，在〈其時，彰明大化中〉之細部解讀告一段落後，對於全詩所含藏之敘事特色，則可奠基於前述分析的統合上，從「情節演變」與「事件內涵」等兩重面向來加以申述：就事件情節之遞嬗而言，此詩之情節共分三段——首段透過「太陽」拈出，時間行走天地之悠緩，光陰刻劃萬物之精巧；接下來，順承開頭所點出之微觀細察的氛圍，第二段更將詩之內容提升至精神境界的高妙探索與想像示現，替讀者披露出心靈乘風遨遊的其中一種可能樣態；最後，似乎是因為「風」本就有自由來去之特質，故而詩句內容也隨之陡然一轉，倏忽轉移至海潮對情人喘息

之等候。總的來看，此詩之三段情節表面上而言幾乎毫無關聯，但若以每段內容中的自然意象為關注焦點，則似乎可將八卦山頭徜徉於陽光中的龍眼樹、推動自我心靈四處穿梭的風，以及靜候喘息的海潮，串聯成天地之間一幅動感洋溢的有趣畫作。如此一來，以自然為橋樑，〈其時，彰明大化中〉自有其暢通無礙之脈——例如，時光流轉之由早到晚、空間變遷之從高到低等等——有待讀者細細品味。

再者，就〈其時，彰明大化中〉所乘載之「事件內涵」來看，如果說從首句之陽光雕琢龍眼到次句之自我御風而行，所彰顯的是類似於客觀外物與主體心靈相連互通的神奇旅程，則此詩末尾所搬演之海潮靜候情人的喘息，當能視為現實人間之靈肉百態與自然景物之具體風貌的動靜交匯——而不論是物我、主客、虛實、動靜，綜觀全詩之一詞一句，無非皆與詩題所言之「彰明大化中」之殊異體驗，息息相關。故而筆者大膽推測，此詩之寫就，或許與詩人曾在某一特定時刻（亦即「其時」）所親歷之「與萬化冥合」的真實經歷有關，進而將其個人之感受，譜寫成足以使萬千讀者循序感觸、漸進體會的巧妙詩作。

然而，不論上述的推斷有幾分正確，此篇解讀之重點仍在於，通過對詩作之詳實解析，證明了儘管是體態纖細的「截句」，仍有積極敘事的可能。

截句與論詩
──白靈〈截句〉探微

朱天

【截句原作】

〈截句〉　作者：白靈

風在笑，仍敢以超微身姿
縱躍時間廣闊的深谷
終究踏抵彼端懸崖的

非箭即　螢火

────（錄自白靈《野生截句》，頁40）

【解讀】

　　截句，如同一般新詩作品般，可以抒情言理、建構象徵、拼合對比、鋪展事件……；然而，除此之外，截句，還能做什麼？對此，透過白靈〈截句〉之親身示範當可深知，以詩論詩，亦為截句之廣闊詩用的一環。

　　將詩作之內容設定在探究詩學議題的特殊象限上，可說是古即有之：不論是杜甫的〈戲為六絕句〉或元好問之〈論詩三十首〉，皆為過往詩壇之璀璨歷史中閃耀著特殊光芒的星宿；而時至今日，依舊有許多詩人、學者，在以詩論詩的園地裡，辛勤開墾、努力擘建——例如，杜國清的《詩論‧詩評‧詩論詩》（台大出版中心，2010），以及王厚森的《讀後：王厚森「論詩詩」集》（秀威資訊，2019），便都是此類佳作。

　　進一步來看，不管是以「詩論詩」或「論詩詩」名之，上述詩作皆須具備下兩大要素：第一，形構上，必須符合基本的詩作要求；第二，內容上，必須緊扣詩之苑囿。而由此可知，若截句亦能論詩，則其寫作之難度，當遠勝於一般詩作：因為，一般而言所謂的談文論藝之作，在內容上本就有一定的難度；更何況，要將原本洋洋灑灑千百字之堂皇大作，微縮為僅有四行規模之截句，其挑戰不啻為要將眼前無垠之宇宙收攏於吾人彈丸般之瞳仁，殆近於造化之工——所幸白靈〈截句〉之寫就，便可說是已在以詩論詩之旅途中，踏出了一條專屬於截句的幽徑。

　　具體來看，面對一首題為〈截句〉的「截句」，相信大多數讀者的第一個疑問，便是「風」、「深谷」、「懸崖」、「箭」與「螢火」，究竟與「截句」有何關聯！對此，筆者認為最好的解答方式，即是先沉浸於詩中世界，

再來思考詩行內容與標題之脈絡——首先，從「風在笑，仍敢以超微身姿／縱躍時間廣闊的深谷」中可明確得知的是，此二行以「風」之行動為描述重心，告訴我們儘管是小到沒有任何形體的「風」，卻仍能帶著「笑」，飛渡世間一切障礙：不論是客觀實存之高山「深谷」，或是無法感知而仍存在的「時間」。不過，正當讀者將目光定睛於「風」要如何「縱躍」過「時間」時，詩人卻又緊接著拋出神來一筆的轉折，亦即「終究踏抵彼端懸崖的／非箭即　螢火」；換言之，詩人彷彿是在提醒我們，真正能夠克服「時間」之廣闊的，不是勇敢而微笑的「風」，而是「箭」或「螢火」！

　　然而，若是我們只將思索的半徑限定於現實之真的範疇，則上述所謂的只有「箭」與「螢火」才能成功「縱躍」「風」所無法跨越的「時間」之「深谷」，便仍只是渾不可解的密語——進而言之，筆者認為若要妥善解讀詩行內容與詩題之間明顯保持著遙遠距離的〈截句〉，便應採取「以詩論詩」的視角，並將觀察核心鎖定在「截句何為」、「何謂截句」與「如何截句」這三大詩學議題上，或是可行之策。

　　所謂的「截句何為」，其實就是立足於詩之功用論的角度，發出「截句究竟應具備何種功用」的大哉問——而由〈截句〉之內容來看，白靈似乎是認為，所謂的「截

句」應以「縱躍時間廣闊的深谷」為其終極目標；換言之，依憑詩人之高妙技巧，使詩作通過時間的考驗而創造超越眼前、抵達不朽之藝術境界，當可視為「截句」最主要的功能用途。

再者，從「何謂截句」——亦即詩之本體論的層面切入，由白靈筆下所述亦可清楚得知，「截句」之為物，應當具備由「風」到「箭」、或由「風」到「螢火」般的特點：詳言之，根據「風」雖有「縱躍」之決心但最終卻只有「箭」或「螢火」方能征服「時間」而「踏抵」遙遠之「彼端懸崖」的詩句內容，當不難進一步推測出，或許是只有當詩中字詞擁有了如「箭」一般之具實可感與動態明確的性質，或是提煉至如「螢火」一般擁有特殊之美感的程度，方能稱為一首優秀的「截句」。

而相對於隸屬於詩功用論的「截句何為」、詩本體論的「何謂截句」，「如何截句」所關懷的重點，則是著眼於詩之創作方法——因此，當我們重新審視白靈〈截句〉之具體內容，則可由「風」、「箭」與「螢火」之運用，進一步得出截句創作方法的關鍵原則：例如，從無形之「風」與有形之「箭」或「螢火」的比較，當可確認詩人在創作截句時，應儘量注意詞彙之具體塑造——像是突顯名詞之存在，以及增加動詞之運用；此外，透過由「風」到「箭」、「風」至「螢火」的轉變，其實也隱隱點出

了，足以衝破日常現實之桎梏的想像力，對於截句之書寫
來說，亦十分重要。

　　總之，藉由對「截句」在詩之本體論、功用論與創作
方法論等三方面的充分闡述，白靈成功寫下使用「截句」
來論詩的先例；故而，關於「論詩截句」之其他面向的
深化與聚焦，亦可視為台灣當代詩壇與學界，值得期待的
未來。

一首截句噗噗跳
——自解〈皺皮水雞〉

王羅蜜多

【截句原作】

〈皺皮水雞〉　　作者：王羅蜜多

我kā伊的笑聲收入冊包內
回轉去寂寞的所在。彼的所在
有一隻皺皮水雞佇古井外，噗噗跳

【解讀】

截句是一種樂趣。

每個人、每次截的詩句各有特色。截頭去尾，捨頭取尾，直取中間，或截出肉塊重新組合。還有的，詩還沒游出來，就截好了一條小魚。

以我而言，截句是率性的、即興的居多，久而久之截出樂趣來。譬如《王羅蜜多截句》P.42的〈皺皮水雞〉，本是一首台語散文詩，以散文形式寫的詩，只截了尾巴一段，重新排列斷句，形成另一尾再生的小魚。

　　這是我在經常散步的虎頭埤寫的詩。古早詩人王則修
（清朝秀才）寫的〈虎頭埤八景〉，刻在八個岩石上沿湖
邊步道安置。虎頭埤是情人約會的好地方，打情罵俏的聲
音可能從吊橋、從涼亭傳來。路過的我，隨興把聲音放入
書包、夾入書中，彷彿要讓紅花綠葉漸漸枯寂。

　　此時湖邊的青蛙也嘓嘓叫起來。在想像中，特別的情
境引發的莫名孤寂，竟把我紋身成皺皮青蛙。

　　所謂皺皮青蛙，係有斑紋的虎皮蛙。伊的叫聲有時嘿
嘿嘿，有時喵喵喵。不管屬虎或屬貓，現在已成了自己的
化身。

　　日本松尾芭蕉有首充滿禪意的俳句〈古池〉：

　　　閒寂古池旁
　　　青蛙跳進水中央
　　　撲通一聲響

　　在閒寂古池邊，青蛙很順利的跳進水中，又很快回歸
寂靜。但這〈皺皮水雞〉，卻是在古井邊噗噗跳，似乎永
遠跳不進去。跳進有豐沛水源的井中，是青蛙的目標，可
是一旦跳進去，就出不來了。或者，保持行動力，在古井
邊不停跳躍，才是真正的目的。

　　因此，把〈皺皮水雞〉的尾巴截出來後，就繼續噗噗

跳，停不下來。從這首「截句」〈皺皮水雞〉，我又延伸
了一篇千字極短篇台語小說，題目也是〈皺皮水雞〉。

　　小說敘述一個外號黃昏的詩人，在虎頭埤水邊散步產
生的幻境，有如南柯一夢。此間皺皮水雞竟成了古建築的
琉璃瓦屋頂。更有趣的事，從這篇具有詩意的小說又產生
了截句〈七月詩人〉：

　　　釣竿捽落水面，吟啊吟
　　　釣著月娘，閣共幌上天頂
　　　星一粒一粒泅倚來
　　　敆做一tsuā美麗的銀河

　　於是這隻〈皺皮水雞〉又繼續噗噗跳，像似我的詩
心，永不止息。

　　附上截句原詩：
　　〈皺皮水雞〉原詩（散文詩）

　　　　一路行來，真濟所在有大粒石頭，頂面刻古早
　　詩。前幾首看著袂穤，毋過橋邊這首，敢若有一點
　　仔油。我講煞，日頭就落山矣，古早的詩人也跳入
　　水底，無影無踪。

　　吊橋面頂有一寡人咧翕相，揤落快門的時陣，
情意閃閃爍爍。我這个不解風情的遊客，只好將您
的笑聲收入冊包內，回轉去寂寞的所在。彼的所
在，有一隻皺皮水雞佇古井外，噗噗跳。

詩・生活
——讀林煥彰〈貓當詩人〉

陳靜容

【截句原作】

〈貓當詩人〉　作者：林煥彰

貓想當詩人，也不難；
我的貓說：
只要你瞇著眼睛，
靜靜的想一想——我的魚呢？

【解讀】

　　楊照曾說：「詩用不訴說來訴說，所以才能夠保留住那些一旦被訴說就破壞了的經驗與心情。用不存在來表達存在，有時是最能接近存在底層最迂迴卻又唯一的弔詭路徑。」林煥彰的這首詩，用「貓」來代言，以「貓」與「魚」的關係折射出「詩是什麼」的大哉問，也間接為「詩人」這一身分之定位做出最佳註腳。全詩極淺極白，然內在意義卻極精微又極寬廣。

　　如果「貓」是詩人，那麼「魚」就可能是生活、是靈感、是需求、是玄想、是信仰，或者是，詩。「魚」之於「貓」而言，除了是生命中不可或缺的，也是一種自然而然的耽愛與追尋。林煥彰在〈一隻可以叫春的母貓〉這首詩中說：「弓背的貓，已無思想負擔／慵懶，伸腰／與浪不浪漫無關／如果需要，最好是／有一條魚／一盤乾爽的拌飯／不要挑剔，也無／選擇之必要」。如何選擇？何需挑剔？「貓」與「魚」的關係，不是文字上的遊戲，而是生活的方式，正因為生活中有太多的感覺和經驗無法被訴說，通過「瞇著眼睛」、「靜靜的想一想」，那些翻騰的想法在詩人的慧眼巧思下便有了可安放之處，醞釀成詩。甚至在詩文字的穿引下，讓貓的思維也躍升延展而為一種哲學性的思考。林煥彰〈我是貓，不〉這首詩，就可被視為是〈貓當詩人〉這首作品的詩外註解，開展出更寬廣的閱讀想像：「我是貓／不！我是詩人／我在想一條魚／如何游進我的腦海裡／／我是貓／不！我是哲學家／我在想游進我腦海裡的／那條魚，牠為什麼要游進我的腦海裡？」

　　想當詩人的貓，已是一首詩；瞇起眼睛，靜靜想著魚是如何游進腦海裡的貓，也是一首詩；貓想著魚的當下，玄想靈光的閃現，更是專屬於詩創作無與倫比的美麗。貓以其「靜想」來著墨一尾躍動的魚；詩人則將生活中的百

無聊賴與生命底層巨大的安靜，化成眾聲喧嘩的澎湃詩作。如此一來，「詩」是什麼？或許正如林煥彰在〈寒流之後〉這首作品中所做的回應：「如果，每晚睡前都要有首小詩／今晚咳嗽，算，不算？」

無與無之聲
——讀蕭蕭〈心亮著〉

陳靜容

【截句原作】

〈心亮著〉　作者：蕭蕭

鳥飛過天空從不知道自己振翅的英姿不曾在埤塘
也不曾在大海留下倒影。
所以，天，空著；海，笑著。
所以翅膀仍然輕盈。

【解讀】

如果黑暗躲不開，那就把陽光帶進來。

蕭蕭曾在《後更年期的白色憂傷》（2007）這本詩集
的序中自剖：「內心深處那一塊陽光照不到的地方依然沒
有陽光臨蒞」。沒有陽光的白色憂傷，看似是輕輕淺淺的
白，實際上卻是沈沈的黑，一如失去陽光的悲涼永夜。不
過，蕭蕭詩作並未耽溺在黑暗的自憐和迷惘中，反而以一
種溯洄逝水見悲涼的姿態，用一顆亮著的心來接納生命的

荒涼和一無所有，也讓這首詩更耐人尋味。

　　「心亮著」這一詩題，看似與詩作內文無關，實際上卻是和這四行詩環環相扣、互為主體，既是「因」，也是「果」。因為「心亮著」，所以鳥飛過天空時不會因為埤塘或者大海未曾留下自己振翅的英姿而神傷，而自有其清晰的路向和來路。飛翔的鳥，不依靠天、不依恃海洋，不張揚、不抱怨，甚至不期待、不憧憬前方的天高海闊。牠存在在自己的存在裡，一如歲月無聲，卻自能如歌蕩漾、唱盡繁華。世間的一切雖被時間沖刷，可是只要「心亮著」，天就不會失去它的遼闊與敞亮，海亦自在浪花的笑裡浪漫依洄。反之，鳥兒翅膀的輕盈、對於倒影的不曾在意、無所執著，以及天之「空」、海之「笑」，都讓「心亮著」成為可能。

　　這首詩的一、二句以連續的三個「不知道」、「不曾」、「不曾」跳脫語言的範疇，用一種「正言若反」的敘事策略將鳥的「無心」顯題。先聚焦於鳥兒無心追求倒影、淡定安然，再將鏡頭拉遠、拉廣至天「空」的無限、海洋潮起潮落的自然天籟，此已是視覺與聽覺的重奏；加之以鳥兒翅膀「輕盈」的敘寫，又融入觸覺和體感的自由經驗，充滿了想像的趣味，也擴大了詩作解讀的空間與境界。

　　天籟無聲，至樂無樂。心亮著，就不用躲在夢與季節

的深處對已然消逝的影子念念不忘，而可以無心地飛過空的天，自由穿越過情感的海洋，用輕盈的翅膀掠過時空之茫茫，接納生命中的各種黑暗與光亮。

論陳政彥截句〈詩脈──致岩上〉

徐晃培

【截句原作】

〈詩脈──岩上〉　　作者：陳政彥

在文字與世界裡、在哲學與暴力之間
在斷裂之前
等一句突兀的佳句，將我們擁抱成一次
靜默的黎明

【解讀】

詩寫詩人，究竟寫的是詩人，還是詩人的詩？寫人，也許可以從一時的舉止形貌形貌契入精神；寫詩人的詩，那又是另一番周折，必須考量主題、表現的多種面向，尤其當藝術家銳意求變，勇於挑戰題材、試圖培植多樣的語言風格，以至於詩的階段與生命的階段相互呼應，所謂「詩人的詩」，指得是哪個階段？那個主題？哪種表現手法的詩？

由此來看，寫詩人之詩，往往也是論詩人之詩，在有

限的篇幅內，以宏觀的視角，將階段、主題、表現濃縮成整體的風格論，與寫人而契入精神頗有神會之處，畢竟，主題表現的風格傾向當然是受個體精神的影響，於是乎，寫人或是寫詩、寫的是人的精神還是詩的風格，也就泯然交會了。

截句〈詩脈──致岩上〉，雖以「脈」呼之，但相較於「脈」在形象上的延續性，詩中其實更著眼其斷裂的特質，文字／世界、哲學／暴力，這些對比都指向「一句突兀的佳句」，而佳句之所以突兀，乃是對比平凡之言。質言之，作者點出，岩上詩作具有「在延續中斷裂」的特製，藉由突兀的斷裂，將平凡昇華為非凡，將日常的世界，透過抽象的思維，淬鍊出形上的意義，以此抵禦、對抗意義消亡的日常。因此，所謂平凡，既是行文的平凡、也是日常世界的平凡；所謂突兀的佳句，既是迸發的文采，也是文字的精神世界。

前輩詩人將大半生投入文字鑄造的世界，銳意求新，其堅持的意志即是值得效法，如果截句是對「詩人之詩」的詮解，換個方向，回到人的本質，或許原詩的起手「距離尾聲還有點距離，或者／更靠近開始多點」則是對詩人的致敬。

生命的幽微
——讀蘇紹連截句〈炭的嘆息〉

游鍫良

【截句原作】

〈炭的嘆息〉　作者：蘇紹連

煙薰我的綠色前世
今生我竟如此漆黑

現在，我和已變灰、變白的囚服
一同躺在冷卻的爐子裡

——（錄自《台灣詩學截句選300首》，頁72。）

【解讀】

植種發芽抽長，綠葉紛紛探頭，向空間要了一張圖畫，向時間要了一把鑰匙，輕輕的交融於宇宙的軌道。然而，生命會向生活低頭，有的樹來不及長大就被架上脖子，喀嚓一聲，魂斷奈何橋。

／煙薰我的綠色前世／今生我竟如此漆黑／。生命幽微如同一棵樹，人為破壞或天然災害都是嗆氣湮滅。漆黑的一生找不回前世的綠色，成炭拿春來換，苦命還要再燒一次，終至變灰變白真如往生的漂泊，一聲慘白。

冷冷的爐子有火紅的曾經，橘藍的煙硝，伸出蛇信探詢四周。由綠轉黑，由黑轉灰白，由時間轉化一生的面容身軀，被利用又被遺棄，人生莫此為嘆。

我們聽到炭的嘆息，從筋骨到血管；從皮肉到內臟；從一切的無到有，回過頭來的空，如此這般。

頭髮都灰白了，我的少年輕春夢似乎已脫隊。路上的紅磚傾斜不整，幾塊脫鉤的意象，像某些空心的語言，快速地又被一塊空間取代。

詩的語言豐富了意象，詩的意向追索一場蛻變的感知，嘆息成為宿命。詩的顏色對比是驚艷了詩的生命，最後靜默地躺在爐子裡。

兩性議題的討論
——讀邱逸華〈自己的房間〉

卡夫

【截句原作】

〈自己的房間〉　作者：邱逸華

還是打不開她的房門

這款語音辨識系統問世以後
男人不懂她何以禁錮自我

女人竊喜，為這重掌子宮的自由

註：詩題借用吳爾芙名著。

【解讀】

　　詩題「自己的房間」註明借用吳爾芙名著。《自己的
房間》是英國女性主義作家維吉尼亞・吳爾芙（Virginia
Woolf）（1882-1941）寫於1929年的一本著名作品。她在

書中說了很出名的一句話，一個女人如果要寫作，需要有
五百英鎊的年收入（在當時相當於生活寬裕的中產階級男
性的薪水）和擁有一間屬於自己的房間。

　　這是她生活的那個年代，今天女性的社會地位已經是
不可同日而語。為什麼詩人還要「借題發揮」呢？她是否
認為女性眼前獲得的一切不過是個幻覺，或者是她另有新
的詮釋？

　　我是沿著這個詩路去讀這首詩。我把詩做了新的排列。

　　　還是打不開她的房門
　　　這款語音辨識系統問世以後

　　　男人不懂她何以禁錮自我
　　　女人竊喜，為這重掌子宮的自由

　　我發現詩人剛好是從「男」與「女」兩個不同的角度
來理解「女性」的房間這個課題。

　　從一開始，兩性之間因為生理結構、心理素質、社會
分工、身分定位等差異以致在思維模式、溝通方式、語言
陳述與感情表達目的也形成了普遍的的不同。這也可能是
詩人藉著吳爾芙《自己的房間》來表達，即使女人的經濟
與社會地位已大大提高，在這個一直由男性主導的世界，

「語音辨識系統」問世以後，還是無法能真正進入女性的「房間」。

　　「子宮」是屬於女性最隱密的一個「空間」。詩人巧妙地把吳爾芙筆下的「房間」轉化成「子宮」，這在吳生活的年代，由於女性地位還沒提高似乎是不可能想像的事情。

　　這首詩的最後二行，可能隱藏著一個訊息，男性的陽具在肉體上能進出女性的子宮，卻未必（即使有語音辨識系統／話語權）能真正觸及女性的靈魂，那是所有男性永遠無法進入的一個「私密」房間。

　　誰才能真正重掌子宮的自由，在肉體上阻止陽具自由的進出，也不淪為男性傳宗接代的工具，「女同志」顯然也是詩呼之欲出的另一個讓人思考的課題。

　　在社會化的過程中，女性從很小就被教導要含蓄，壓抑自己的情感與情慾，不能像男性那樣外露與強勢，以致在言語表達上也採取間接迂迴的方式，常有著隱喻的言外之意存在，這是最令男性苦惱與不解的一件事。所以才會有「男人不懂她何以禁錮自我」。

　　詩雖然只有短短四行，我深讀之後，覺得詩人在「兩性議題」方面提出了許多種值得我們深思的可能，這也許就是詩人寫這首詩的目的。

光的定義
——讀西馬諾〈攝影截句：黑白相間時刻／遺留下一行交談／霧靄的經聲。落下／光漫無目的統治。〉

卡夫

【截句原作】

〈攝影截句：黑白相間
時刻／遺留下一行交談
／霧靄的經聲。落下／
光漫無目的統治。〉
圖／文：西馬諾

片片迷離割下薄薄肌理
屬於自己
圍在一起說話的樹林
受圍於不發一言的色彩

【解讀】

這是一張很普通的人像照片，拍攝者拍攝它究竟要表

達什麼主題，以至於把光影轉變成文字的目的何在？這是
我閱讀這首攝影詩的方向。

　　如果攝影詩是用文字把照片「復述」一次，這就有如
看圖作文一樣，缺乏創意，無法給人更多的想像空間。我
以為好的攝影詩應該是這樣的，照片是啟發詩人詩思的一
個觸點，他由此獲得啟發，突破圖意，或者說不拘泥於圖
意，借題發揮，讓人閱讀後有多種思考的可能，不過它卻
又不能離開原圖。

　　這張照片猜想是攝於中午的樹蔭底下，所以才會出現
黑白分明的光影效果，尤其人物臉上呈現不均勻的光線。
「光」看起來是照片的主角，詩人也藉此延伸屬於自己的
詩意，詩中是如此具體的寫光：「黑白相間時刻」、「光
漫無目的統治」、「片片迷離」、「薄薄肌理」、「不發
一言的色彩」。

　　詩人藉著「光漫無目的的統治」暗喻穆斯林今日所處
的困境。在這光影的背景下，一個穆斯林老人化身為「霧
靄的經聲」，卻「圍在一起說話的樹林／受困於不發一言
的色彩」，只能「片片迷離割下薄薄肌理／屬於自己」，
詩的主題到此呼之欲出。

　　與西馬諾寫的攝影截句一樣，這首詩的「詩題」是
詩文不可分割的一部分，這個詩題是「因」，內容則是
「果」。至於「光」的含義則留給人多種討論的可能。對

穆斯林來說，站在他們對立面的「光」真的是正義光明的化身嗎？

　　這一張原本很普通的人像照片，看起來是詩人隨手拍攝，他卻重新定義，並賦予它新的詩意。

知識份子的「苟活」
——讀靈歌〈白紙〉

卡夫

【截句原作】

〈白紙〉　作者：靈歌

苟活於一枝筆的緘默中
有時被染黑
只是放棄抵抗
比唇舌更鋒利的文字

【解讀】

　　這是一首淺白易懂的詩，不過卻有著深刻的詩意。我試從詩本身與延伸的詩意這兩個角度來閱讀這首詩。

　　白紙用來寫字是天經地義的一件事，也是它存在的其中一個重要的價值，詩人卻是用了「苟活」、「染黑」甚至於「放棄抵抗／比唇舌更鋒利的文字」如此強烈的文字來比喻它，自然是別有一番用意，這也正是他藉此要延伸的詩意。

「苟活」帶著些許的無奈，在既定的命運面前是如此的身不由己，無能為力，它的「白」與默默被筆「染黑」形成一種強烈的對比，最後更是讓全身都寫滿鋒利的文字。

白紙知道自己最終無法抵抗被筆染黑的宿命，也難逃被鋒利文字刺滿身的噩運，只好選擇放棄，苟且偷生。為什麼他要如此書寫呢？這正是詩隱藏的深層意義。

白紙是文字書寫的一種工具，文字承載著知識，知識代表的是真理、正義與是非的黑白，它背後隱藏的是知識份子的良知與風骨。

白紙的「白」象徵的是那天真與純真的知識份子，他們沒有任何的心機與權謀，一心一意要以報國為己任，可是我們讀歷史的話，都知道歷代的知識份子在每次的政治海濤中，只要不是為統治階級發聲，他們最終都難逃被統治者的筆「抹黑」與被打壓的命運。不只如此，他們也會因為書寫的「文字」而惹來殺身之禍。

在殘酷的政治現實面前，明哲保身的知識分子別無選擇，即使被「黑」，也只好禁言禁聲，以免遭來「文字獄」。如果知識份子不想苟活的話，在大陸起草「零八憲章」的劉曉波（1955年-2017年）不幸遭遇就是一個最好的例子。

表面上看，這首詩寫的是知識份子屈服於暴政，苟活

的一種悲哀。不過，它似乎也間接歌頌了那些堅持「白」
的不屈靈魂。

【附錄】

　　作者靈歌回覆：我詩題〈白紙〉，所以著重在白紙
本身。白紙如老莊的自然無為，清淨無垢。但是，只能苟
活於筆的緘默，一旦筆開始書寫，無論寫得正反善惡，都
已失去白紙的清淨。須知一切世間物，都是相對的，善惡
正反都是並存的。道家的無為，就是要保持清淨的初心，
像佛家修練，是放下，放到無，就可到達無上正覺。這都
是追求反璞歸真。也就是白紙。既然被筆書寫，就已染黑
（白與黑是相對的，已不是白，就是黑），也只有放棄抵
抗，比唇舌更鋒利的文字，因為被筆書寫甚麼文字，非自
己能改變。我們常會自問，生命的真義，從何處來，又歸
於何處？科學沒有答案，只有宗教，道家學說，讓我們體
悟，人來自於無明，也歸於無。不能歸無，只有輪迴。但
世間如染缸，誰又能永保白紙的赤子之心？也只有無奈隨
波逐流。

我是這樣完成一首攝影截句

——自解〈香港・速寫〉

卡夫

【截句原作】

〈香港・速寫〉

圖／文：卡夫

明明伸手不見五指

還要捉住黑　插進去

直到一陣陣心痛

醒來

【解讀】

　　這首截句是因為這張照片而寫的。不過，當初拍這張照片時，並沒有想過以後它會成為寫詩的一個素材。

　　這是我2014年12月到香港旅游時，某個晚上在維多利亞港隨手拍下的鐘樓照片。凡是高的建築物，我都喜歡從低往上拍，以突出它們的「高」不可攀。（這就是紹連兄

說的「截空間之一角」。）

　　我拍的照片很多，它就與其他我拍的照片一樣，冷藏在我某個移動硬盤裡。直到某一天，我在尋找其他的照片時，偶然發現了它。

　　這幾年香港的政治環境已經進入了「冬天」，當我重溫這張從前拍的照片時，因為整個天空是全黑的，一種難以形容的「壓迫感」觸動了我，這種難以形容的感覺後來就越來越清晰，我一直在思索要如何以意象來把它表現出來。

　　換一句話說，這張無意中拍的相片讓這些日子壓抑在心底許久的「詩緒」找到了出口，獲得了一次釋放的機會。在我眼中，這「鐘樓」好像一把直刺進黑暗心臟的利刃。它也好似可以讓人爬上天空的雲梯，不過等待著的是一個無邊無際的黑夜……經過一段很長時間的「詩」考後，我看見的是「一隻手」捉住了黑，但卻看不見手指，它們已經被吞噬了。

　　攝影和畫畫不同，後者是主動的，詩人可以把自己的詩想通過色彩和線條畫出來。前者則是被動的，看見什麼就拍什麼。一不小心，詩人就會變成「看圖寫詩」，把光影用文字再復述一次。我以為照片應該是點燃詩思的一種「火花」，詩人的詩緒是一直在醞釀著的，他最終會藉著景象來表達自己的詩想。他從照片中的影像獲得靈感寫

詩，但寫出來的詩意卻不受圖像的限制，能給人多種思考的可能。

　　如果先有了詩，再去拍成照片來搭配，這與一般人喜歡給自己的詩配上圖是沒有差別的。

　　一個詩人，如果也是攝影師，當他按下快門，截取「空間之一角，時間之一瞬」時（引自紹連兄臉書），他也同時完成了一首詩。（引自葉莎幾年前在新加坡一個公開座談會的談話）因為眼睛截取的圖就是她要寫的一首詩。

亢龍應有悔，恆河吐哀歌
——讀白靈〈恆河邊小立〉

寧靜海

【截句原作】

〈恆河邊小立〉　　作者：白靈

河裡每粒沙都寫著佛陀的偈語
風到處搜尋當年他殘留腳印
卻捕捉到屍味煙味牛糞和檀香

恆河明日會捧起今日如一粒沙洗淨

【解讀】

　　啟始句的「河」刻意不說破，將印度的聖河——「恆河」伏筆於會「寫」「佛陀的偈語」以普濟芸芸眾生的「沙」為線索，昭示此河有著不平凡的身世，有著始終如一澤被每一個仰其鼻息、賴以生計的慈悲心，並提供後續產生「變化」後的對照。

　　第二句的承接以「風」（詩人）的主動「搜尋」暗示

「他」（恆河）是真確有過如何的「美好」流景，而「腳
印」的「殘留」即是記憶的種種象徵，正試圖予以一一召
回，以驗證此河繼往開來的不變的存在，卻也意謂著此河
從「當年」（過去）來到現代之後，即將面臨或已經面臨
的巨大變化。

　　於是在第三句裡有了大翻轉，我們果然見到了詩人
──痛陳的巨變畫面，詩中還以「捕捉」一詞自諷，亦同
步嘲諷於世人。見聞那駭人的屍味、有害的煙味、作噁的
牛糞⋯⋯竟與供佛的檀香和平共處於同源同流的河水之
中。這不遠千里的追尋究竟所為何來？那顆朝聖之心又是
如何的一種情何以堪？驚恐畫面比比皆是，亦歷歷在目，
宛若一場揮之不去的惡夢。

　　恆河自古即是飽受外物反覆污染的河川，詩人在末句
的表現極為動人，除了與第三句調性反差，詩人還刻意將
此句與前三句分段、斷開，藉以切割不好的，對恆河也表
達敬畏之意（捧起），那恆久不變的如日月般輪番照拂、
洗滌人心、淨化人心的悲憫襟懷，故仍願意抱著一絲希
望，期許未來有所「美好」的轉變（再如何被糟蹋也是如
此了），所以即便已身是渺小的一粒沙，即便這個期望是
那麼的那麼的微弱。

　　詩中末句／一粒沙／的收束與首句／每粒沙／相呼
應；四句詩都做意識主動性的表態：／河「寫」佛陀的偈

語／、／風「搜尋」殘留腳印／、／「捕捉」到屍味煙味牛糞和檀香／、／明日的恆河會「捧起」今日的自己／。就詩的完成度已具備，但就主體「恆河」卻是未完成（恐難完成）且極為艱鉅的課題。

你在我的眼睛撞見自己
——讀無花〈山色〉

寧靜海

【截句原作】

〈山色〉　作者：無花

從你的倒影遇見你
風把分身吹皺，眸波裡生姿
彷彿流轉於前世來生
兩雙你的眼，晃蕩另一個我

【解讀】

假如見山不是山，那麼你想要看見什麼？假如見水不是水，那麼你期待看見什麼？

〈山色〉首尾兩句的鋪排頗耐人咀嚼，亦相呼相應自然成趣。以第一人稱「我」的視覺感官敘景，於是成就風景眼下的自己，「我」。詩中的「你」（山）、「你的倒影」以及「你眼裡的我」三者之間，從看似不動聲色到風的推波開始「化學作用」，復從「意動」到「情動」互相

吸引卻又相對，關係玄妙且和諧，無法盡言。

　　首句／你的倒影遇見你／、末句／兩雙你的眼，晃蕩另一個我／。「你」（山）立於天地，不論是天地或是觀者的「我」都在你的眼裡，同樣的，我的眼裡也呈現與你位置互換仍是相同的景致，成為彼此或天地的一部分。「兩雙你的眼」是山與山影的，經由山與「我」的互視產生了「另一個我」，雙雙形成一個循環，各據一方又能兼容和諧併蓄。不管是否有隱含哲思的高玄論調，讀者已不自覺被「誘導」去思考是誰在誰的眼裡，畫面形成了，像一池水蕩著、漾著共鳴的餘波。

　　第二句／風把分身吹皺，眸波裡生姿／，語彙典雅曼妙、語意境象不絕，這「分身」描寫得靈秀生動，再次提供畫面放任想像的飛馳。第三句／彷彿流轉於前世來生／，這是較常見通俗的句子，少了新意或歧義語言，不若首尾兩句深韻化境，儘管未見新意，承接前句倒也適得其所。風吹皺池中「分身」倒影，相望於天地，相忘於八方，所以流轉在兩者或三者的眉目傳情，是再自然不過的事。

　　筆者以淺淡的文字描寫，營造耐人尋味的氛圍，恰如其分的情緒拿捏，四句詩三個「你」字，可解作「水中倒影」、「牆面山色」、「天空視域」，因此才會有「兩雙你的眼」。最後出現的「我」，除了可能是「你」的轉

化，也可能是詩中第一人稱「我」主導了視觀與心覺，進一步示意希冀的寧靜無諍、自在恣意，想必任何人置身其中必然也是如此感知、感悟。

　　但見那幅複刻於庭園牆上的山色與水中的倒影相映成趣，遠處亦有實境的山光景色，正與牆面的山景遙相對望，緊接著將這山景向外推展，並更進一步向上開闊，由天空俯視地上的變化。當一切無邊無際起來，天與地、物與人因路過的風不經意撥弄，牽引出互照互映的景況，磨合著彼此的關係，多麼的微妙啊。

昨日種種譬如昨日死
——讀于中〈散步3〉

寧靜海

【截句原作】

〈散步3〉　作者：于中

許是昨夜落葉無聲
令路一直都在碎碎念

而今晨的風
卻是那起得最早的清道夫

【解讀】

在詩人孜孜不倦的一系列的「散步」截句書寫中，個人偏好了這一首。詩境鋪墊了詩意，淺顯易懂，適當切合的比喻，更勝唯美詞彙的堆疊能引人注目走進詩裡，讀之感之就領略到了。

從第一節的「許是昨夜落葉無聲／令路一直都在碎碎念」，到第二節的「而今晨的風／卻是那起得最早的清道

夫」。四行詩的架構恰好是起承轉合，第一節的兩句明顯看到兩兩差異的相對。

一、時間差異：今、昨；晝、夜。

二、動靜差異：碎碎念的落葉、無聲的路。

第一節的兩句看似平實卻有精彩，讀者可以想像在眼前鋪展一條布滿枯葉的「路」，踩過時聽葉的斷裂如人「碎碎念」的聲狀擬態，這裡提供意會心領的空間，以碎葉聲之動與前一句黃葉「無聲」落下的靜互相對照。

「許是昨夜……」帶有未確定的臆測性，「而今晨……」成為承接之後的轉換，這一個轉換是場景，也是心境上的轉移，眼前所見、耳邊所聽，一切似乎有了答案，卻似乎沒有，或許只是心態知其應對，並得以調適。

透過和緩的散步過程，易於觀察、欣賞、體會……或得以被啟發，調整生活的呼吸步調，如同在感悟一番人生滋味後需要的沉澱，之後重新自我打理（清道夫）與提振，這樣的散步是輕鬆適意而美妙的。

最後，讓我們且跟著于中一起瀟灑散步吧。

他們與死亡的距離
──讀朱名慧〈暴〉

寧靜海

【截句原作】

〈暴〉　作者：朱名慧

棍棒無耳步槍沒有心
當子彈射向肉身的牆
十字不偏不倚

定位，你的制高點

【解讀】

　　詩題之「暴」，是指暴民？還是暴君？難道是無端滋
事的暴動？又恐是粗暴壓制的傷害。假如可以重新選擇，
有誰會想要讓自己一再靠近死亡？

　　真的很難不「對號入座」，誠然，這一字一句映射
了當今重大時事，我們可以不提那敏感的三個字，可以不
直接道出東亞的樞紐之名，但流淌在字裡行間是帶淚的控

訴，更是悲憤之下的重拳。

　　相信很多人已聽聞2019年6月9日入夜後發生在明珠之地的大事，那夜有過百萬民眾的抗爭遊行。當天晚上該特區有七分之一的人口走上街頭，齊赴了這場的公民運動。他們一起勇敢向政府當局發出怒吼，並且要求將偏離的司法撤回修法。一場原本和平理性的百姓訴求，卻被當地政俯視擾亂社會秩序、無謂抗爭的暴民，於是手無寸鐵的民眾遭受到軍警以暴力強制驅離，因此震驚了整個國際，備受世界關注。

　　無論這首是否有針對當下時事有感而發，甚至直指該政府指令下的粗暴行逕，自有歷史以來，不乏有勇者從爭取自由，到護衛民主，總有人寧願捨棄自己的生命，拋頭顱灑熱血亦在所不惜。

　　詩中所言：／棍棒無耳步槍沒有心／，陳述了上位者施暴的事實；／當子彈射向肉身的牆／，描繪出無法抵抗與無力反擊的沉痛；／十字不偏不倚／，是不計其數的傷者和亡者。準星所瞄準的是一個個無畏無懼的肉身，但是為了悍衛司法獨立性，一顆顆剛毅的心未曾在一次次阻撓有過一絲退怯，彷彿能夠聞到詩裡發散而出的火藥味，混雜令人毛骨悚然的血腥氣味，衝擊著嗅覺；子彈在空氣中掃射的聲音在耳邊炸響，驚恐著聽覺，即便未親臨現場，卻像見到哀鴻遍野慘狀，震懾著視覺，不忍卒睹。

　　末句／定位，你的制高點／，讓人不寒而慄，這豈止意有所指，全然是直指該地方政府，極度挖苦後的嘲諷啊。日裡夜夜，視聽一直處在動盪裡，是何等的煎熬，俱疲的身心又是何等惶惶不安與焦灼，那些有權有勢的位高階者，竟也是如此的泯滅人性，以兇殘手段對付手無寸鐵的百姓群眾。／沒有心／，所以棍棒縱容無情、／步槍無耳／所以子彈無眼亂飛，一連串令人髮指的粗暴行逕，還能說些什麼？痛心疾首已不足表達一二。自由安在？司法安在？皇天有淚，后土不語，唯──悼。

交會時互放的光亮：
談截句中的譬喻

陳徵蔚

【截句原作】

1.〈你之於我〉　作者：Syni Thorn

我在你的實驗室小心焊接我們的神經
火花淚灑戴著防護鏡的我

2.〈又聞白果香〉　作者：項美靜

杏葉黃了，銀杏熟了
老漢笨拙地剝著白果
就像當年不安分的手
剝開她　旗袍上的那粒葡萄扣

3.〈何謂詩〉　作者：胡淑娟

何謂　詩

為了修補

文字的千瘡百孔

勉強拉上的　　拉鍊

【解讀】

詩的文字簡短精鍊，截句尤其如此。在有限字數下，一針見血的妙喻令人耳目一新。這不但需要才華、功力，也需要神來之筆的靈感。

譬喻，是將兩種以上的異質元素並置，以突顯彼此間的同質性。譬喻，彷若在黑暗無邊的大海上，彼此偶會的一瞬之光。

英國詩人唐恩（John Donne）將愛情的結合比喻為「跳蚤」。跳蚤吸了男人的血，又吸了女人的血，兩人的血在跳蚤體內交融，彷彿靈肉的媾合。

詩人又將愛情比喻為「圓」，而堅貞不移的意志則是「圓規」。即使分隔兩地，堅貞的愛情如同圓規的針腳，釘在原點，海枯石爛，矢志不移。跳蚤、圓規與愛情原本毫無關聯，但是在詩人的「奇喻」之下，被連結在一起。

譬喻的連結是否適當，存乎一心。這一方面仰賴譬喻者的才華、機智與品味，另一方面則需視情境而定。好的譬喻，未必寫實，卻可以引起高度共鳴。不當的譬喻，卻常令人發噱。韓國瑜的「台灣人要當兩岸之間的『棋

子』還是『塞子』？」就曾引起爭議。將台灣譬比喻為
「棋子」或「塞子」的本意，當然是在強調台灣的「關鍵
地位」；但在目前的政治情境下，卻不禁令人聯想到台灣
是「蕞爾小國」、「彈丸之地」，故而不論是棋子或是塞
子，終究要被「利用」的下場。

　　由此可知，譬喻貼切與否是一回事，在特定情境下能
否引發共鳴，同樣重要。

　　《世說新語》中，謝安曾問家人：「白雪紛紛何所
似？」姪子胡兒說：「撒鹽空中差可擬。」才女謝道韞則
說：「未若柳絮因風起。」

　　見過雪的人都知道，雪花落在衣服上時的「質感」與
「量感」其實真的很類似鹽。前者是水珠的冰晶，後者是
滷水的結晶。因此「撒鹽空中」的比喻其實很寫實。

　　儘管如此，這樣的譬喻在當時的情境中並不能引起共
鳴。其一，家族聚會，眾人吟詩作對，以鹽巴比喻初雪，
未免唐突。其次，「柴米油鹽」的世俗形象，也與雪花紛
飛的「不食人間煙火」扞格不入，烏衣世家，豈能如此庸
俗？因此，以柳絮比擬雪花，更能觸動人心。況且，柳絮
三月紛飛，於嚴寒隆冬大雪之際，遙想春暖花開之日，自
然討喜得多。

　　情境不同，譬喻也會天差地遠。元稹〈菊花〉曰：
「秋叢繞舍似陶家，遍繞籬邊日漸斜。不是花中偏愛菊，

此花開盡更無花」，拿菊花譬喻陶淵明的高潔，而菊花盛開晚於百花後，更被用來譬喻「貧賤不能移」的風骨。然而，黃巢的〈不第後賦菊詩〉就非常不一樣：「待到秋來九月八，我花開後百花殺。沖天香陣透長安，滿城盡帶黃金甲」。懷才不遇的黃巢，充滿怨憤，菊花因而化為身穿黃金盔甲的武士，而菊花開完之後，時序入秋，更無花開，更被黃巢拿來比喻「斬草除根」的蕭殺。同樣的事物，因才華、經歷、品味、情境的差異，譬喻便有不同。

好的譬喻，能夠激發讀者的「共感」。例如Syni Thorn的截句〈你之於我〉：

　　我在你的實驗室小心焊接我們的神經
　　火花淚灑戴著防護鏡的我

以「焊接」譬喻兩人間的關係，非常有感覺。火花飛濺的嘶嘶聲，以及星火跳躍的視覺效果，營造了很不錯的聽覺與視覺刺激。在兩人在一起的過程中，激情迸發火花，卻也可能因衝突而火花四濺。火焰或許可以持續燃燒，但火花卻稍縱即逝。這種短促卻絢爛的特質，十分符合截句所描寫的情境。

激情（passion）的拉丁文字根是「痛」（pathos），愛也痛，不愛也痛，實在矛盾。相處，需要焊接．肖裂

痕，也需要焊接。身穿防護，卻又想要靠近。渴望火花，卻又恐懼灼傷。這種矛盾的感受，果然很像「焊接」。

項美靜的〈又聞白果香〉中，以「白果」譬喻旗袍上的「葡萄扣」，而白果即「銀杏」。這種植物本身的意象，營造了多層次的意義：

杏葉黃了，銀杏熟了
老漢笨拙地剝著白果
就像當年不安分的手
剝開她　旗袍上的那粒葡萄扣

年輕時笨拙地剝開旗袍上的葡萄扣，可能是生疏，也可能是緊張。以白果譬喻葡萄扣，自然在形象上是吻合的。

更深一層的來看，一般人認為服用銀杏可以治療老年失智。雖然美國研究發現銀杏並沒有這種功效；但是從象徵的意義來分析，倘若銀杏的功能在「抑制遺忘」，那麼以白果譬喻葡萄扣，其實象徵老翁不願遺忘舊愛。

雖說「相濡以沫，不如相忘於江湖」；然而每一段刻骨銘心，都無法，也不該被遺忘。青春會消逝，年華會衰老，然而那「金風玉露一相逢，便勝卻人間無數」的剎那，老漢卻希望能夠刻畫在腦海。令人惆悵的是，世事哪

能盡如人意呢？在歲月的淘洗下，銀杏樹也許能夠千年屹
立，但青春卻轉瞬即逝啊！

　　我個人特別欣賞胡淑娟的〈何謂詩〉：

何謂　　詩
為了修補
文字的千瘡百孔
勉強拉上的　　拉鍊

　　有些譬喻，是一般人都能辦到的。有些譬喻的連結，
卻超乎了一般人的邏輯範圍，近乎「神來之筆」般的靈
感。〈何謂詩〉的譬喻邏輯，在光譜的兩端間，比較偏向
後者。

　　如同後結構主義者所說，文字充滿意義的滑動。「紙
短情長、言不及意」是語言使用者經常面臨的困境。因
此，「文字的千瘡百孔」是符合常理邏輯的譬喻。

　　然而以詩來修補文字的漏洞，這樣的思考模式就比較
難得了。而更加難得的跳躍在於，修補的方式很多，詩人
不說是「縫補」，卻選用了「拉鍊」。

　　相較於文字，詩的確如同拉鍊，可以快速、順暢的闔
上裂縫。詩可以修補文字的千瘡百孔，但是詩人卻說，這
是「勉強」的。如同拉鍊般，兩條鋸齒間的耦合只不過暫

時「拉上」，看似順暢，但隨時可以「拉下」。而且，拉鍊從來不是一勞永逸地縫補，裂隙一直存在，拉鍊只是可以讓裂隙自主開闔而已。更極端的來說，拉鍊的存在，是在確保裂縫隨時可以開合。噢！請別忘了，一旦拉鍊夾到肉，那種椎心之痛呵，又豈止千瘡百孔！

美國詩人梭羅曾說：「故事不必長，但要花很長的時間，才能令它簡短」（Not that the story need be long, but it will take a long while to make it short.）同樣的，一首詩不必長，如同截句般，簡短有力也可以。只是，一首短詩，也要花更長的時間去推敲、去磨礪。

在文字琢磨的過程中，譬喻卻往往是靈光一閃的，在忽明忽暗的瞬間，兩個看似毫不相關的元素，瞬間擦身而過，短暫交會，發出光芒。這彷彿如同徐志摩所說：「你我相逢在黑夜的海上，你有你的，我有我的方向。你記得也好，最好你忘掉，在這交會時互放的光亮」。好的譬喻，或許需要時間醞釀，卻往往迸發於瞬間。精妙的譬喻，可以在晦暗創作的茫茫大海中，令思緒交會，綻放出耀眼的光芒。而那閃耀的瞬間，正是詩最迷人之處。

【編後】
良馬遇見伯樂
——關於詩的淘氣書寫與帥氣閱讀

寧靜海

　　回顧2016年十二月冬，台灣詩學白靈老師提出【截句】詩寫推廣計畫。於是，自2017年春，在facebook詩論壇平台正式發起徵稿，帶動詩寫，鼓勵創作，除了整個年度的一般截句徵件，每年也依序推出三個回合的主題式【截句】詩限時競寫，在指定的主題上詩寫一～四行截句（附錄），經過連續三年推廣，共計九回合的主題，成績斐然。因台灣詩學社長李瑞騰老師之指示，2019年先後催生兩回合的【截句解讀】，於廣邀徵件後集結成此書。

　　本書《淘氣書寫與帥氣閱讀‧截句解讀一百篇》可視為推廣截句詩寫邁入第三年的另一個里程碑。除了書序與編後，歸納彙整出四輯：【輯一】勝利的手勢，收錄二十篇競寫優勝；【輯二】放奔的足印，收錄二十篇競寫佳作，此二輯都是從兩個回合競寫脫穎而出獲獎的解讀好作；【輯三】停泊的眼睛，除了書序與編後，本書內容共分為四輯：【輯一】勝利的手勢，二十篇競寫優勝，【輯

二】放奔的足印，二十篇競寫佳作；【輯三】停泊的眼睛，收錄十五篇，包括兩個回合入圍之作，以及台灣詩學‧吹鼓吹論壇分行詩版主的加入書寫；【輯四】湧動的舌尖，收錄四十五篇由台灣詩學與吹鼓吹詩論壇同仁響應的截句解讀。

　　所謂「淘氣」，正是詩語言的「隱」而不明說，是屬於書寫者「私我」領域，是詩的私我直觀性的，帶點「傲慢」自我的，於是詩有了多種結構的體現和表達形式的巧思。所謂「帥氣」，是閱讀者接觸作品所做的一種直覺也是直接反饋，無論是欣賞方向的「解讀」或可能的「誤讀」，不也是因為私我喜好而產生「偏見」般的閱讀習慣。一首詩因不同的人有理解上的差異，就會有因人而異的喜歡或不喜歡，或經由閱讀者的「惠眼」解讀多了「意外」的詩想或姿態。誰是誰的伯樂？誰又覓得了誰的良駒？抑或誰被誤讀了？請諸位看倌各自解讀咀嚼、各自賞析體會。

　　既然「詩」是一種私我的表現與表達。「解讀」，亦如是，且有過之而無不及。「一個敘述，各自解讀」，作者給予詩的樣貌可能只有一種，但閱讀者卻因為個人感受不同，讓一首詩產生多種解讀的可能，這正是詩的想像飛行過程中最有趣、最迷人之處，是讀與寫彼此交集的共鳴？還是各持已見所碰撞的火花？抑或是偏作他想（他

解）比作者更自我的「誤讀」？如何解讀一首詩？賞析一
首四行以內像「短打」般的截句詩？即便是短短幾行，也
能寄寓綿長、意言於外、發人深省、弦外之音，甚至拍案
叫絕，或者切中要害。良馬需伯樂，伯樂擇良馬，好詩好
作亦然，透過閱讀者的視角引領，解鎖般進入詩的字裡行
間，言未盡之表徵，道未識之內裡，或迂迴後巧妙曲折而
出，或明敘不晦直指中的。

　　舊作經由「截句」得以重塑使其推陳出新更具現代語
感，新作經由「截句」得以短時間內迅速成詩，為遭逢書
寫瓶頸者打開瓶口，不受囿於腸枯思竭之窘態。截句詩經
由閱者各自的「解讀」，又增添了更添可讀性，吸引人重
新閱讀或著首閱。一首精妙截句詩能得一篇文情並茂的精
彩解讀，不正是良駒遇見伯樂，詩益發的美好。

　　很榮幸能與已有數本個人著作出版的新加坡詩人卡夫
（杜文賢）合作編輯此書，隔著一塊螢幕在遠端的兩個人
因詩結緣數年，又同為幾家詩社的社員，尤其是facebook
詩論壇平台上的交流最為頻繁，從2017年的截句書寫閱讀
一起走到2019年的截句解讀，並共同擔任兩個回合的複審
者與最終集結成冊的出版重任。然，在第二回合的評審當
下的他已經在醫院與病痛正面交鋒一個月餘，愛詩勝過自
己生命的他，仍一如既往持續關注詩社團的動態，每日
在醒醒睡睡之間盡職陪著我共同完成了《截句解讀一百

篇》。

　　誠願此書付梓出版之日，他已重新拾回健康，繼續走
在他最愛的詩之路。祈──

寧靜海 2019-07-31盛夏

【後記】

　　「生命不過是一首詩的長度」──卡夫（杜文賢）

　　時值《截句解讀一百篇》進入第一次校稿作業尾聲
中，最擔心的情況還是遇上了，10月18日正午，甫從台北
榮總回到高鐵桃園站，我像失魂似的坐在車站大廳椅子上
發呆、掉著眼淚……。

　　那是從新加坡傳來惡耗，與病魔抗爭整整五個月的另
一位編輯詩人卡夫（杜文賢），最終不敵胰臟癌的病痛折
磨，於2019年10月18日病逝。彌留之際，還用微弱顫抖
的聲音說：「雲來了　退後／風來來　魚兒就退後／你就
會看見我　我也就退後」。

　　不捨啊，如此熱愛詩的一個人。親愛的卡夫，感謝有
詩，感謝讓我遇見愛詩的你，感謝以詩刻劃生命的你，感
謝一直與我併肩守在facebook詩論壇的你，感謝你一路走
來的理解、陪伴和支持。

　　親愛的卡夫，未來的每一天，詩會繼續愛你，在詩
裡遇見的每個人也永遠愛你。親愛的卡夫，你是永遠的詩
人，也永遠是【台灣詩學‧吹鼓吹詩論壇】的同仁和版
主。♥

寧靜海　2019-10-18深秋

【附錄】
A.2017-2019九回合「截句競寫」說明（辦法略）

自2017年起已連續三年在facebook詩論壇發起主題式截句徵件，依序為：

2017年——【詩是什麼截句】、【讀報截句】、【小說截句】

2018年——【春之截句】、【電影截句】、【禪之截句】

2019年——【攝影截句】、【器物截句】、【茶之截句】

說明：

一、2017年【詩是什麼截句】、【讀報截句】，和2018年【春之截句】、【電影截句】為台灣詩學季刊社主辦；聯合報副刊協辦；facebook詩論壇策劃。

二、2017年【小說截句】、2018年【禪之截句】為聯合報副刊主辦；台灣詩學季刊社協辦；facebook詩論壇策劃。

三、2019年主題式截句徵件：【攝影截句】、【器物截句】、【茶之截句】為台灣詩學季刊社主辦；吹鼓吹詩論壇合辦；facebook詩論壇策劃。

B.2019兩回合「截句解讀」競寫辦法

2019第一回合「截句解讀」競寫徵稿辦法

主辦：台灣詩學季刊社

合辦：吹鼓吹詩論壇

策劃：facebook詩論壇（https://www.facebook.com/
groups/supoem/?fref=ts）

台灣詩學粉絲專頁（https://www.facebook.com/
taiwan.poetry/）

一、徵稿主題：「截句解讀」（題目可自訂）。

二、辦法：

1.徵500~1000字之截句詩的賞析、解讀，適合大眾閱讀與
了解的短文。

2.均可自行命題。需以中文寫作。歡迎參與競寫投稿，不
限多少篇。請直接張貼在此「截句解讀」競寫活動專頁
版上發表，一發表即不能編改。其形式需置【截句解
讀】一詞於文題前，文題後並另加作者發表筆名，解讀
之詩作也於詩題後加原作者筆名。無法符合者，將不列

入評審。

三、徵稿時間：4月15日起～至5月20日止。

四、說明：

1.選出優勝10篇、佳作10篇，優勝作品可任選已出版38本之台灣詩學「截句詩系」中任何 6本，佳作4本（詩系書目請參看：https://store.showwe.tw/search.aspx?q=%E6%88%AA%E5%8F%A5%E3%80%82%E7%AB%B6。競寫經複審及決審兩級，於6月底公佈名單於【facebook詩論壇】及網站【吹鼓吹詩論壇】，優勝10篇文章則一次刊於九月號出刊之紙本詩刊第38期《吹鼓吹詩論壇》「截句卷」中，優勝10篇作者並另贈該期刊物一冊。稿件請勿抄襲，貼版後在公佈評審結果前，不可再發表該作品於其他平台網頁及個人網頁。台灣詩學同仁可po文，但不列入評選範圍。

2.入選20篇文章也將另載於台灣詩學預定編印之《截句解讀》（暫擬）一書，在年底前出版，作者贈書乙冊，不另支轉載費。（故入選者共可獲贈5~8冊書籍）。

競寫貼稿網址：

https://www.facebook.com/events/319844698724245/?ti=cl

＊＊上述徵稿辦法，若有遺漏處，將隨時增修公布。

（2019／04／05）

2019第二回合「截句解讀」競寫徵稿辦法

主辦：台灣詩學季刊社

合辦：吹鼓吹詩論壇

策劃：facebook詩論壇（https://www.facebook.com/
　　　groups/supoem/?fref=ts）

　　　台灣詩學粉絲專頁（https://www.facebook.com/
　　　taiwan.poetry/）

一、徵稿主題：「截句解讀」（題目可自訂）。

二、辦法：

1.徵500～1000字之截句詩的賞析、解讀，適合大眾閱讀
　與了解的短文。

2.均可自行命題。需以中文寫作。歡迎參與競寫投稿，不
　限多少篇。請直接張貼在此「截句解讀」競寫活動專頁
　版上發表，一發表即不能編改。其形式需置【截句解
　讀】一詞於文題前，文題後並另加作者發表筆名，解讀
　之詩作也於詩題後加原作者筆名。無法符合者，將不列
　入評審。

三、徵稿時間：6月16日起～至7月16日止。

四、說明：

1.選出優勝10篇、佳作10篇，優勝作品可任選已出版38本

之台灣詩學「截句詩系」中任何7本，佳作4本（詩系書目請參看：https://store.showwe.tw/search.aspx?q=%E6%88%AA%E5%8F%A5%E3%80%82%E7%AB%B6。經複審及決審兩級，於6月底公布名單於【facebook詩論壇】及網站【吹鼓吹詩論壇】。稿件請勿抄襲，貼版後在公佈評審結果前，不可再發表該作品於其他平台網頁及個人網頁。台灣詩學同仁可po文，但不列入評選範圍。

2. 入選20篇文章也將另載於台灣詩學預定編印之《截句解讀》（暫擬）一書，在年底前出版，作者贈書乙冊，不另支轉載費。（故入選者共可獲贈5～8冊書籍）。

競寫貼稿網址：

https://www.facebook.com/events/647640595710925/?ti=cl

＊＊上述徵稿辦法，若有遺漏處，將隨時增修公布。

（2019／06／09）

語言文學類　截句詩系41　PG2346

淘氣書寫與帥氣閱讀：
截句解讀一百篇

主　　　編／卡夫、寧靜海
責任編輯／鄭夏華
圖文排版／周妤靜
封面設計／蔡瑋筠

發 行 人／宋政坤
法律顧問／毛國樑　律師
出版發行／秀威資訊科技股份有限公司
　　　　　114台北市內湖區瑞光路76巷65號1樓
　　　　　電話：+886-2-2796-3638　傳真：+886-2-2796-1377
　　　　　http://www.showwe.com.tw
劃撥帳號／19563868　戶名：秀威資訊科技股份有限公司
　　　　　讀者服務信箱：service@showwe.com.tw
展售門市／國家書店（松江門市）
　　　　　104台北市中山區松江路209號1樓
　　　　　電話：+886-2-2518-0207　傳真：+886-2-2518-0778
網路訂購／秀威網路書店：https://store.showwe.tw
　　　　　國家網路書店：https://www.govbooks.com.tw

2019年12月　BOD一版
定價：440元
版權所有　翻印必究
本書如有缺頁、破損或裝訂錯誤，請寄回更換

國家圖書館出版品預行編目

淘氣書寫與帥氣閱讀：截句解讀一百篇 / 卡夫, 寧
靜海主編. -- 一版. -- 臺北市：秀威資訊科技,
2019.12
　　面；　公分. -- (語言文學類)(截句詩系 ; 41)
BOD版
ISBN 978-986-326-750-8(平裝)

851.486　　　　　　　　　　108017801

讀 者 回 函 卡

感謝您購買本書，為提升服務品質，請填妥以下資料，將讀者回函卡直接寄
回或傳真本公司，收到您的寶貴意見後，我們會收藏記錄及檢討，謝謝！
如您需要了解本公司最新出版書目、購書優惠或企劃活動，歡迎您上網查詢
或下載相關資料：http:// www.showwe.com.tw

您購買的書名：_____

出生日期：_____年_____月_____日

學歷：□高中 (含) 以下　　□大專　　□研究所 (含) 以上

職業：□製造業　□金融業　□資訊業　□軍警　□傳播業　□自由業
　　　□服務業　□公務員　□教職　　□學生　□家管　□其它_____

購書地點：□網路書店　□實體書店　□書展　□郵購　□贈閱　□其他

您從何得知本書的消息？

　　□網路書店　□實體書店　□網路搜尋　□電子報　□書訊　□雜誌

　　□傳播媒體　□親友推薦　□網站推薦　□部落格　□其他_____

您對本書的評價：(請填代號　1.非常滿意　2.滿意　3.尚可　4.再改進)

　　封面設計____　版面編排____　內容____　文／譯筆____　價格____

讀完書後您覺得：

　　□很有收穫　□有收穫　□收穫不多　□沒收穫

對我們的建議：_____

_____

_____

_____

11466
台北市內湖區瑞光路 76 巷 65 號 1 樓

秀威資訊科技股份有限公司 收

BOD 數位出版事業部

....

（請沿線對折寄回，謝謝！）

姓　　名：＿＿＿＿＿＿＿＿＿＿　年齡：＿＿＿＿＿　性別：□女　□男

郵遞區號：□□□□□

地　　址：＿＿＿＿＿＿＿＿＿＿＿＿＿＿＿＿＿＿＿＿＿＿＿＿＿

聯絡電話：(日) ＿＿＿＿＿＿＿＿＿＿＿　(夜) ＿＿＿＿＿＿＿＿＿＿＿

E-mail：＿＿＿＿＿＿＿＿＿＿＿＿＿＿＿＿＿＿＿＿＿＿＿＿